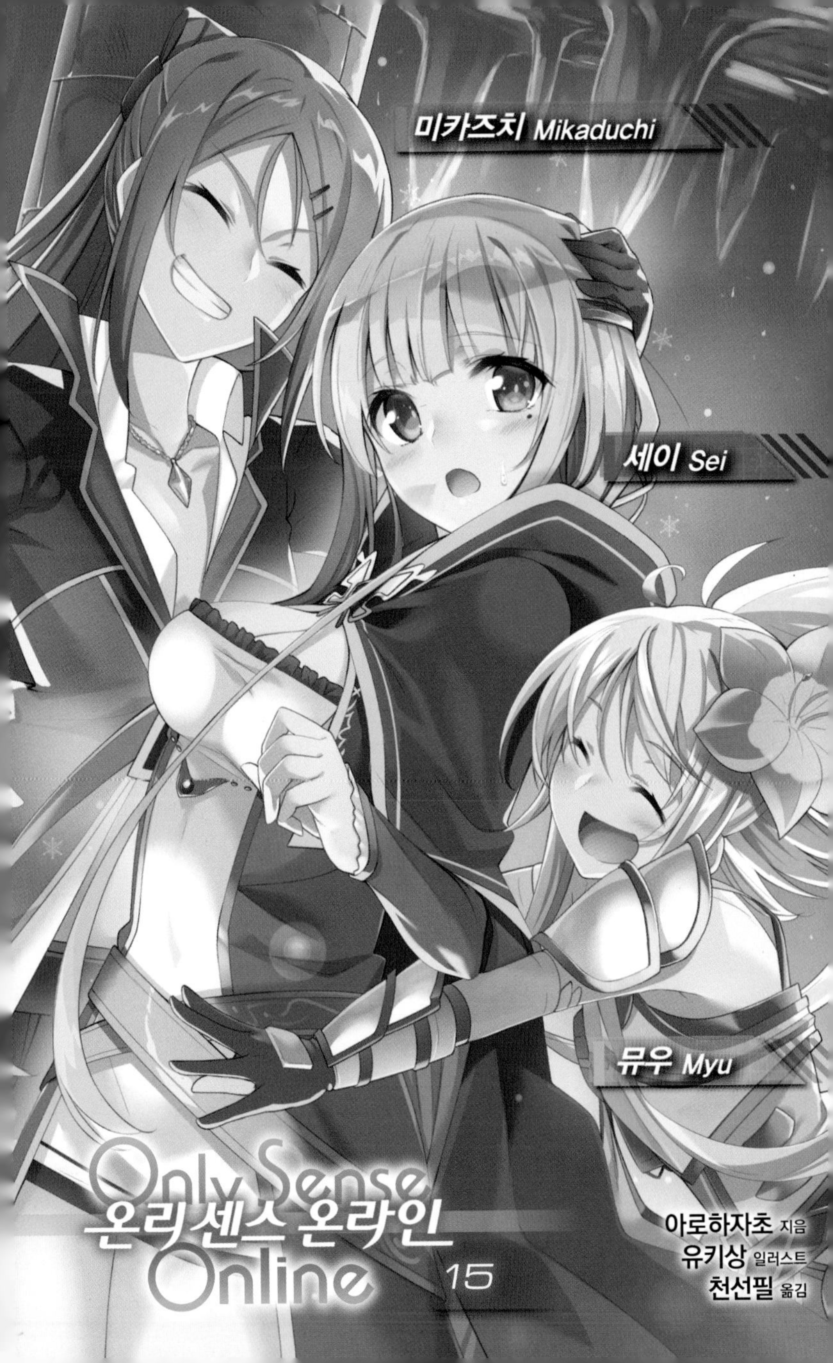

미카즈치 Mikaduchi
세이 Sei
뮤우 Myu
Only Sense 온리 센스 온라인 Online
15
아로하자초 지음
유키상 일러스트
천선필 옮김

"자,
어디를 어떻게
노려야 벗겨낼 수
있을까."

윤 Yun

[아트리엘]을 경영하는 생산직.
[팔백만]이 주도하는 대규모 원정에 참가하여
지하 계곡 심부를 공략한다.

운동 경기 스테이지 약도

지하 계곡에서 [드워프의 나라]로 이어지는 스테이지.
10개의 방과 22개의 던전으로 구성되어 있다.
죽어서 돌아가면 ★표시 방으로 돌아가
단축 페널티를 받는다.

Athretic Stage

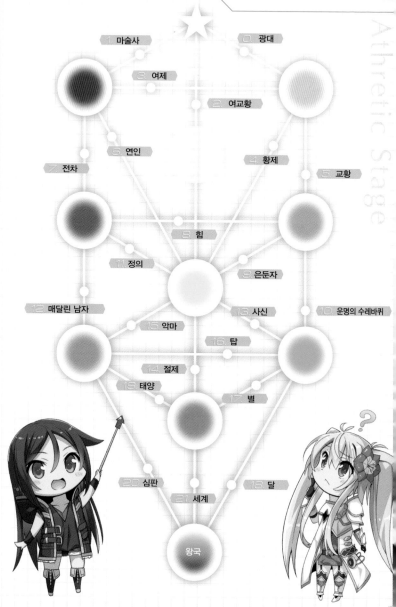

1. 마술사
3. 여제
0. 광대
2. 여교황
6. 연인
4. 황제
7. 전차
5. 교황
8. 힘
11. 정의
9. 은둔자
12. 매달린 남자
13. 사신
10. 운명의 수레바퀴
15. 악마
16. 탑
14. 절제
19. 태양
17. 별
20. 심판
21. 세계
18. 달

왕국

온리 센스 온라인
15

아로하자초 지음 | **유키상** 일러스트 | **천선필** 옮김

SNOVEL

커버 그림, 본문 일러스트 | **유키상**

Only Sense Online

골든 위크와 대규모 원정

Only Sense
온리 센스 온라인
Online 15

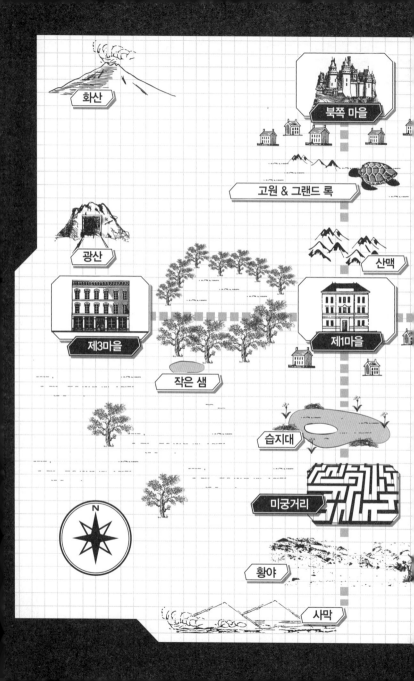

공룡평원

폐촌

비룡산맥

도등화 나무

호리어 동굴

크리스 동굴

제2마을

어두운 숲

묘지

호수

바다

윤 Yun

최고로 인기 없는 무기 [활]을 택해버린 초심자 플레이어.
수습 생산직으로서 부가 마법이나 아이템 생산의 가능성을
깨닫기 시작하고————

뮤우 Myu

윤의 리얼 여동생. 한 손 검과 광 마법을 다루는 성기사로
완전 전위형. 베타판에서는 전설이 될 정도의 치트급 플레이
어.

마기 Magi

톱 생산직 중 한 명으로 플레이어들 중에서도 유명한 무기
장인. 윤의 든든한 선배로 충고를 해준다.

세이 Sei

윤의 리얼 누나. 베타판부터 플레이한 최강 클래스의 마
법사. 수 속성을 주로 다루고 모든 등급의 마법을 구사한
다.

타쿠 Taku

윤을 OSO로 끌어들인 장본인. 한 손 검을 다루고 경갑옷
을 장비하는 검사. 공략에 애쓰는 정통파 플레이어.

클로드 Cloude

재봉사. 톱 생산직 중 한 명으로 의
복류 장비품 가게의 주인. 윤이나
마기의 오리지널 장비 클로드 시리
즈를 만들었다.

리리 Lyly

톱 생산직 중 한 명으로 일류 목공
기술자. 지팡이나 활 등의 수제 장
비는 많은 플레이어에게 인기를 얻
고 있다.

서장   장기 연휴와 루트 선택

4월 하순의 따스한 햇볕이 졸음을 가져다주는 오후——
HR을 마쳐서 그런지 반 친구들은 들뜬 마음으로 빠르게 교
실을 떠났다.

그런 와중에 나와 타쿠미는 반 임원인 엔도 양이 교실로
돌아오기를 기다리고 있었다.

"슌은 골든 위크 준비 다 했어?"

"뭐, 그럭저럭. 타쿠미는?"

"장비하고 레벨링은 확실하게 마쳤지. 원정을 마음껏 즐
길 거야."

타쿠미는 오랜만에 참가하는 원정을 기대하며 웃었다.

내일부터 최장 열흘 연휴인 골든 위크가 시작된다.

항간에서는 초장기 연휴라고 떠들썩한 와중에 OSO에서
는 길드 [팔백만]이 주최하는 대규모 원정이 진행되려 하고
있었다.

그 대규모 원정에 참가할 예정인 나와 타쿠미가 교실에서
잡담을 나누며 기다리고 있자니 반 임원인 엔도 양이 돌아
왔다.

"슌 군, 타쿠미 군. 늦어서 미안해."

"아니, 별로 안 기다렸어. 엔도 양."

"집에 가는 길에 내일부터 쓸 전략물자를 사러 가자고!"

타쿠미는 집에 가는 길에 편의점에서 골든 위크 동안 먹을 과자와 음료수 등을 사둘 생각이었던 모양이다. 나와 엔도 양은 살짝 쓴웃음을 지으며 함께 나섰다.

"저기, 슌 군. 이번 원정은 세 방면으로 동시에 떠나는 원정이었지?"

"응. [팔백만]이 주도해서 왕화앵 나무 너머에 있는 수림 에리어를 통과하는 [해안 진출 루트], [지하 계곡 심부 공략 루트], 마찬가지로 지하 계곡 중층에 뚫려 있는 동굴을 통과하는 [드워프의 나라 루트], 이렇게 세 군데야."

4월 OSO에서는 준 기념일 업데이트가 실시되었고, 새로운 [센스 확장 퀘스트]도 등장했다.

그 결과, 새로운 센스 장비칸을 얻어서 짧은 기간에 급격하게 강해진 플레이어들이 잔뜩 참가하겠다고 나섰다.

그래서 급하게 원정 공략 방면이 늘어나게 되었다.

"엔도 양은 그쪽 에리어 정보에 대해서 자세히 들었어?"

"일단 연락을 받긴 했어. 내가 참가할 곳은 [해안 진출 루트]야."

"호오, 엔도 양이라면 [드워프의 나라 루트]로 갈 줄 알았는데."

나와 엔도 양은 편의점에서 느긋하게 과자와 음료수를 고르며 이야기를 나누었다.

"나는 레티아가 있는 [신록의 바람]이나 벨의 [푹신동물 동호회]하고 함께 활동하니까 그쪽을 우선 챙겨야지. 그런데 슌 군은 어느 쪽으로 가?"

"나는 일단 [드워프의 나라 루트]려나? 역시 드워프라는 말을 들으면 [대장]이나 [세공] 센스하고 관련이 있을 것 같으니까."

내가 살짝 쓴웃음을 지으면서 선택한 곳을 말하자 엔도 양이 납득했다.

"드워프의 나라에 도착하면 안내해줄래? 그리고 소문으로 들은 아다만타이트 광석을 주괴로 만들면 나한테도 팔아줘."

"물론이지. 골렘 소재로 쓰려는 거야?"

"그래, 최신 생산 소재로 만드는 강력한 골렘은 로망이니까."

엔도 양이 방긋 웃으며 한 말을 듣고 나도 로망이긴 하지라고 생각하며 고개를 끄덕였다.

"슌, 엔도, 살 거 다 골랐어?"

"그래, 마침 다 고른 참이야."

먼저 과자 같은 것들을 고른 타쿠미가 바로 우리 이야기에 끼어들었다.

"그런데 둘이서 무슨 이야기를 하고 있었어?"

"원정에서 어떤 루트로 갈지에 대해서. 내가 [해안 진출 루트], 슌 군이 [드워프의 나라 루트]야. 타쿠미 군은?"

"나는 [지하 계곡 심부 공략 루트]야."

"멋지게 나뉘었네."

타쿠미가 그렇게 말하자 나는 용케도 이렇게 나뉘었다면서 살짝 웃었다.

그런 다음 고른 과자와 음료수를 계산하고 편의점을 나선 뒤 잡담을 하면서 집으로 돌아갔다.

"그럼 골든 위크를 기대하자."

"응. 엔도 양도 골든 위크 잘 보내."

"뭐, 인연이 있으면 OSO에서 만나겠지."

그리고 나와 타쿠미는 중간에 엔도 양과 헤어졌고, 우리 집 근처에서 타쿠미와도 헤어져서 집으로 왔다.

"다녀왔습니다~."

"오빠, 어서 와~."

내가 편의점 봉투를 한 손으로 들고 집의 문을 열자 거실 쪽에서 미우 목소리가 들렸고, 미우가 얼굴을 내밀고 나를 바라보았다.

"오빠, 오다가 편의점 들렸다가 왔어?"

"그래, 골든 위크 때 먹을 과자를 좀 샀어. 뭐, 가볍게 먹을 정도지만."

내가 그렇게 말하자 미우는 내가 들고 온 편의점 봉투를 들여다보았다.

"아, 아삭아삭 군이 있네! 바로 먹어도 돼?"

미우는 좋아하는 아이스크림인 아삭아삭 군을 재빠르게 발견했고, 나는 살짝 쓴웃음을 지으며 고개를 끄덕였다.

"먹어도 되긴 하는데, 너무 많이 먹으면 배탈 난다."

"네에~."

미우는 그렇게 말하고 아삭아삭 군을 하나 꺼낸 뒤 거실 쪽으로 돌아갔다.

나는 거실 소파에 가방을 놓고 편의점에서 사온 과자와 음료수를 선반과 냉장고 안에 넣었다.

그리고 다 넣고 난 다음 돌아보며 아이스크림을 먹고 있던 미우에게도 타쿠미와 엔도 양하고 했던 이야기를 했다.

"미우는 [팔백만] 원정에 참가하지?"

"그래. 시즈카 언니가 초대해서 예전부터 준비했거든. 이따가 로그인해서 루카네랑 마지막 회의를 할 예정이야."

그렇게 아이스크림을 먹으면서 대답하는 미우.

"그런데 오빠는? 이따가 OSO에 로그인할 거야?"

미우가 묻자 나도 대답했다.

"밤에 마기 씨네하고 같이 일정에 대해서 이야기를 나눌 겸 다과회를 하려나."

나는 그렇게 대답하면서 내 방으로 돌아와 교복을 벗고 평상복으로 갈아입었다.

내가 방에서 옷을 갈아입고 나오자 교대하는 듯이 미우가 방으로 가서 저녁 식사 시간까지 OSO에 로그인했다.

골든 위크 전날 밤이라 그런지 맞벌이하시는 부모님께서도 일찍 오셔서 넷이서 저녁 식사를 했다.

식사를 한 뒤 내가 먼저 목욕을 하고 밤에는 OSO에 로그인했다.

골든 위크 전날 밤에 제1마을을 돌아다니고 있자니 평소보다 플레이어가 많은 것 같았다.

　"역시 내일이 쉬는 날이라 그런지 플레이어들이 많이 로그인하네."

　나는 그렇게 중얼거리면서 제1마을을 가로지르는 큰길에 있는 가게를 향해 갔다.

　오픈 테라스가 딸려 있고 밤 9시쯤이라 이미 문을 닫은 카페에 조용히 들어가자 안에서 낯익은 플레이어들이 기다리고 있었다.

　"윤 군, 기다렸어~."

　"윤찌, 어서 와."

　"마기 씨, 리리, 안녕."

　카운터 석에서 마기 씨와 리리가 손을 살짝 흔들었고, 나도 그에 맞춰서 한 손을 들고 인사했다.

　"심야의 바 [콤네스티]에 온 걸 환영한다."

　"여긴 카페잖아. 언제부터 바 영업을 시작한 거야?"

　나는 카운터 너머에 있던 클로드를 수상쩍어하는 눈초리로 바라보았다.

　클로드는 바텐더 차림이었고, 마기 씨에게 홍차, 리리에게는 주스를 내준 모양이었다.

　"그냥 차려입은 거다. 뭐, 최근에는 술 계열 식량 아이템이 조금씩이나마 유통되기 시작해서 생각만 있으면 할 수 있지. 그런데 주문은?"

"진짜, 됐어. 나는 밀크티로 부탁해. 밤이니까 숨 좀 돌리고 싶어."

"알겠다."

미성년자인 나는 평소와 마찬가지로 [콤네스티 카페 양복점] 메뉴에서 음료를 골랐다.

밀크티를 고른 건, 지금은 목욕을 하고 나와 바로 로그인했기에 마음을 가라앉히고 싶었다.

"자, 드디어 내일 길드 [팔백만]이 주최하는 세 방면 동시 원정이 시작되는데, 다들 어느 쪽으로 갈 거지?"

길드 [팔백만]의 대규모 원정은 골든 위크 동안 편한 날, 편한 곳에서 편할 대로 파티를 짜도 되는 자유 참가형이다.

장기 연휴를 이용해 공략 정보가 별로 없는 에리어에 집중적으로 도전하여 에리어의 정보를 모으는 것과 동시에 플레이어들의 행동 범위를 넓히기 위한 플레이어 주체 이벤트다.

골든 위크 전반에는 현실 쪽 사정 때문에 일이나 여행 등을 하고 후반부터 참가하는 등 꽤 자유로운 분위기다.

연휴 동안 계속 OSO에 로그인한다 해도 전반 때 [해안 진출 루트]로 가고 후반에는 [드워프의 나라 루트]로 가는 식으로 중간에 변경하는 것도 자유다.

원정 목적지는 타쿠와 에밀리 양하고 이야기했던 [해안

진출 루트], [지하 계곡 심부 공략 루트], [드워프의 나라 루트], 이렇게 세 군데로 나뉘어 있다.

"나는 [해안 진출 루트]로 갈 거야."

"나도 마기찌하고 같은 곳이야."

마기 씨와 리리가 한 말을 듣고 나는 살짝 의외라고 생각했다.

리리는 목공사이기에 [해안 진출 루트]의 중간에 있는 분지인 수림 에리어에서 얻을 수 있는 목공 소재를 노리거나 최근에 만들고 있었던 갤리온 때문에 바다 쪽으로 갈 수도 있겠다고 생각했다.

그런데 마기 씨는 대장장이니까 분명히 나와 마찬가지로 [드워프의 나라 루트]로 갈 줄 알고 있었다.

"아~, 벨 일행이 초대해서. 함께 가게 되었어."

"나는 시치후쿠네 길드, [OSO 어업조합]하고 바다로 갈 거야."

나는 두 사람의 이유를 듣고 지인들과 함께 움직이면 그럴 수도 있겠다고 생각했다.

"저는 [드워프의 나라 루트]로 갈 건데요. 뭔가 얻으면 선물로 드릴게요. 그 근처에서는 [아다만타이트 광석]을 채굴할 수 있으니까요."

"고마워, 윤 군. 이번에 겨우 [아다만타이트 광석]을 주괴로 만드는 작업을 성공시켰는데, 꽤 어려워서. 주괴로 만들 때 성공 확률을 올려주는 정보나 아이템이 있으면 알려줘."

나와 마기 씨는 서로 마주 보고 웃으며 말했다.

나도 마기 씨와 에밀리 양에게 줄 수 있을 만한 성과를 발견하면 좋겠다, 그렇게 생각하며 내일 떠날 원정을 기대했다.

"저기, 저기, 그런데 클로찌는 어디로 가?"

그리고 혼자 행선지를 말하지 않았던 클로드는──.

"흐음……."

"왜 그래? 클로드는 역시 리리하고 같이 [해안 진출 루트]로 가나?"

평소에는 리리와 함께 다니는 경우가 많았기 때문에 그렇게 되려나 하고 생각했는데, 클로드가 한 대답은 뜻밖이었다.

"아니, 나는 [드워프의 나라 루트]로 간다."

그 말은 내 예상과는 달랐다.

재봉사인 클로드에게 이익이 될 곳을 생각하면 [해안 진출 루트]나 [드워프의 나라 루트]가 맞겠지만, 솔직히 평소에 친하게 지내는 마기 씨나 리리와 함께 갈 거라 생각했다.

"나는 슬프다!"

"뭐, 뭐가?!"

당황하는 나를 보며 주먹을 꽉 쥐고 힘차게 말하는 클로드.

"윤은 마기와 리리하고만 파티를 짜서 모험을 가잖아! 하지만 나하고는 안 가지! 같은 생산직 동료로서 불공평하지 않나!"

말을 듣고 보니 클로드와 파티를 짠 적은 별로 없었다.

최근에는 [팔백만]의 GVG 때 짜긴 했지만 굳이 말하자면 파티라기보다는 사령탑과 일개 전투원이라는 관계였던 것 같다.

"마기 씨……."

나는 마기 씨와 리리에게 도와달라는 듯한 시선을 보냈지만 두 사람은 쓴웃음을 짓고 있었다.

두 사람은 처음부터 클로드가 그렇게 말할 거라 예상했던 모양이다.

"나하고 같이 다녀도 그렇게 재미있지는 않을 텐데."

"아니, 그렇지 않아. 윤 주위에서는 유쾌한 일들이 끊임없이 일어나니까."

그렇게까지 진지하게 부정할 필요가 있나! 마음속으로 그렇게 태클을 걸었다.

"에휴, 알았어. 그럼 파티를 짤까?"

"으음, 감사하마."

같이 파티를 짜고 싶다고 그렇게 힘차게 말해놓고 왜 그렇게 잘난 척하는 거야?

"뭐, 나도 원정에 참여하지만, 기본적으로는 후방에서 느릿느릿 따라가면서 보조할 건데, 괜찮아?"

"애초에 나도 크게 활약할 수 있을 거라고 생각하진 않는다."

나와 클로드의 전투 스타일은 궁수와 마법사, 이렇게 후위만으로 구성되어 있어 밸런스가 안 좋다.

 하지만 생산을 이용한 보조 중심으로 활동하거나 원정에 참가하는 플레이어들과 즉석에서 파티를 짜고 즐기는 정도면 문제가 없을 것이다.

 "이걸로 내일부터 떠날 원정 일정은 정해졌네."

 "그래. [드워프의 나라]라. 뭐가 있을지 기대되는군."

 나는 그렇게 말하고 달달한 밀크티를 조금씩 마시다가 문득 중요한 주의사항을 떠올렸다.

 "그러고 보니 클로드는 지하 계곡 중층 포탈 등록했어?"

 "아니, 아직이다."

 "그럼 내일은 황야 에리어를 거쳐서 지하 계곡을 지나갈 건데 그때는 냉기 대책을 확실하게 하는 게 좋을 거야. 지하 계곡은 쌀쌀하니까."

 나는 그렇게 말하고 방어구는 오커 크리에이터 동복 사양으로 바꿔두는 게 좋겠다는 생각을 했다.

 "흐음, 그럼 지금 포탈을 등록하러 가볼까."

 "밤은 어둡고 적 MOB도 골치 아파. 그리고 파티를 짜줄 사람 있어?"

 "내일부터 [팔백만]의 대규모 원정이 시작될 테니 이미 원정을 떠날 곳으로 간 플레이어가 있을 거다."

 내일부터 장기 연휴이긴 하지만, 엄밀하게 말하자면 오늘 일을 마치고 집에 오면 연휴 시작이다.

그 때문에 이미 원정을 만끽하기 위해 먼저 각 에리어로 나선 플레이어가 있는 모양이었다.

"뭐, 윤의 충고를 받아들여서 내일 [팔백만] 사람들에게 호위를 받으며 이동하도록 하지."

그렇게 말하면서 진지한 표정으로 혼자 납득하는 클로드.

"그래. 그러는 게 좋을 거야."

"그리고 [냉기 대미지] 대책을 세울 필요가 있겠군. 동복 장비가 있긴 하지만 그게 없는 상황에서 돌입하는 플레이어들도 있을 테니 콤네스티의 핫 드링크도 많이 마련해두지."

"부탁할게. 나도 내한 효과가 있는 식량을 마련해가서 먼저 지하 계곡의 포탈로 전이한 다음 요리라도 만들어둘게."

이런 원정 때는 내가 간이 생산 키트 등을 가지고 가서 요리나 포션 등을 만들곤 하는데, 뜻밖에 부족한 것은 현지에서 마련하기도 한다.

나와 클로드가 그렇게 이야기를 나누는 모습을 마기 씨와 리리가 훈훈하다는 듯이 바라보고 있었다.

"후후후……."

"……? 마기 씨, 왜 그러세요?"

"아니, 윤 군하고 클로드가 정말 기대하고 있구나 싶어서."

"윤찌하고 클로찌는 다른 플레이어들을 잘 챙겨주니까 다들 즐겁게 원정에 도전할 수 있겠다 싶어서."

마기 씨와 리리가 그렇게 말하고 따스한 눈초리로 바라보자 나는 창피해졌지만, 약간 비뚤어진 클로드는 오해를 살

만한 말을 꺼냈다.

"크크큭, 나도 타산적으로 움직이고 있다. 원정 참가자가 미처 준비하지 못해서 문제가 생겼을 때 [콤네스티 카페 양복점]의 내한 아이템을 나누어주고 광고하면서 더욱 이 가게를 발전시킬 수 있게끔 발판으로 삼는 거지!"

"클로찌, 솔직해지자."

리리가 쓴웃음을 지으면서 클로드를 나무랐다.

클로드는 저런 말만 늘어놓긴 하지만 주위 사람들을 잘 챙겨준다는 사실을 알고 있기에 나도 따스한 눈초리로 바라보았다.

"그래! 윤도 내 신작 장비를 입어라! 그러면 많은 사람들이 있는 곳에서 선전 효과가 생기겠지!"

"절대로 안 입어! ……에휴, 정말."

나와 리리에게 코스프레 장비를 입히려 하는 나쁜 버릇만 없다면, 그렇게 생각하며 한숨을 쉬었다.

밤인데도 시끌벅적한 다과회였다. 내일부터 떠날 원정에 대한 의논도 끝나자 OSO에서 로그아웃했다.

"좋아, 내일을 대비해서 일찌감치 잘까."

나는 그렇게 중얼거리고 침대 옆에 VR 기어를 내려놓은 다음 곧바로 누워서 잠들었다.

1장   지하 회랑과 운동 경기

골든 위크 첫날을 맞이한 나는 점심쯤 OSO에 로그인했다.

길드 [팔백만]의 길드 홈으로 가서 마기 씨와 리리, 클로드 같은 생산직 동료들과 함께 대규모 원정의 개막 인사가 시작될 때까지 기다렸다.

개막될 시간이 다가오자 [팔백만] 길드 홈에는 수많은 플레이어가 모여들었다.

개막 시간이 되자 [팔백만]의 길드 마스터인 미카즈치와 서브 마스터인 세이 누나가 단상 위로 올라갔다.

"예전부터 계획했던 장기 연휴를 이용한 세 방면의 동시 원정을 실시한다! 다들 오늘을 위해 준비해 왔겠지!"

""""우오오오오오오오!""""

미카즈치가 외치자 모여든 플레이어들이 주먹을 들어 올리며 소리쳤다.

"오늘이 원정 첫날인데, 다시 말해두지. 플레이어들이 계속 같은 곳에 있을 필요는 없어. 참가해보고 레벨이 부족한 것 같으면 단기간에 집중적으로 레벨을 올리거나, 다른 곳으로 원정을 떠나도 되고, 길드 홈에 남아서 GVG를 즐기는 것도 자유야! 즐기자!"

미카즈치의 설명을 듣고 플레이어들이 중간에 변경할 수

있다는 것을 떠올렸을 때 세이 누나가 설명을 이어받았다.

"그럼 예전에 화산지대로 원정을 떠났을 때처럼 먼저 갈 수 있는 플레이어분들께서는 붐비지 않게끔 포탈로 이동해 주시길 부탁드립니다. 아직 포탈 등록을 하지 않으신 플레이어분들은 각 행선지마다 [팔백만]의 안내자가 따라갈 거예요. 중간에 MOB이 습격할 수도 있으니 대책에 대해 확실하게 들어두세요."

세이 누나의 설명을 듣고 조금씩 원정 시작 지점으로 이동하기 시작하는 플레이어들.

"그럼 나하고 리리는 왕화앵 근처 포탈로 갈게."

"클로찌하고 윤찌도 열심히 해~."

마기 씨와 리리는 손을 살짝 흔들면서 바깥으로 나가는 플레이어들과 함께 나섰다.

좀 전에 미카즈치와 세이 누나가 한 개막 인사는 라이브 채팅으로 여러 플레이어들과 길드에 전달되었다.

그렇게 외부 참가자도 이미 움직이기 시작한 모양이고, 마기 씨와 리리가 함께 행동할 벨 일행과 길드 [OSO 어업 조합] 사람들은 현지에서 합류할 모양이었다.

"그럼 나도 먼저 지하 계곡 포탈에 가 있을게."

"그래, 나는 안내자와 함께 지하 계곡으로 가지. 무슨 일이 생기면 연락하마."

그리고 나도 클로드를 보낸 뒤 전이 오브젝트인 포탈을 사용해 지하 계곡으로 이동했다.

내가 전이한 곳은 지하 계곡의 중층에 뚫려 있는 넓은 동굴이었다.

"으윽, 춥다…… 미리 동복 장비로 갈아입길 잘했네."

흰색 위주의 동복 사양 오커 크리에이터로 갈아입고 있었던 나는 지하 계곡의 추위가 주는 [냉기 대미지]를 입지 않았다.

포탈 주변의 세이프티 에리어를 둘러보니 나와 마찬가지로 앞서온 플레이어들이 모여 있었고, 그중에는 아는 사람도 있었다.

"여, 윤은 역시 [드워프의 나라]구나. 그런데 이번에도 솔로야?"

내게 말을 건 사람은 길드 [팔백만]의 생산직인 조금사 랑그레이였다.

그 옆에는 마찬가지로 [팔백만]의 생산직인 칼 대장장이 오토나시도 함께 있었다.

"이번에는 클로드하고 파티를 짤 거야. 일단 나만 먼저 왔고."

"그럼 나중에 올 사람이 도착할 때까지 아다만타이트 광석을 채굴할래?"

오토나시가 고개를 갸웃거리면서 졸려 보이는 눈으로 나를 바라보았다.

나는 그 매력적인 제안에 마음이 조금 흔들렸지만, 나중에 올 플레이어들을 위해 내한 효과를 부여할 수 있는 요리를 만들어두고 싶었다.

"아~, 미안해. 요리 준비를 하고 싶거든. 여기까지 오려면 시간이 걸릴 테고 지하 계곡은 추우니까 만복도를 회복시킬 겸 내한 효과가 있는 요리를 만들어두고 싶어."

그렇게 말하며 설명하자 랑그레이와 오토나시는 어이가 없다는 듯이 살짝 쓴웃음을 지었다.

"그런 보조는 원래 우리 길드의 요리사 플레이어가 해야 하는데, 참 별나다니까. 아직 오진 않은 모양이긴 한데, 그런 거 만들려면 그 녀석들하고 협력해주면 고맙겠어."

"저기, 저기. 무슨 요리 만들 건데?"

"아~, 아직 정하진 않았는데. 가지고 있는 식재료로 괜찮아 보이는 걸 만들까 해."

나는 인벤토리에 넣어두었던 식재료 아이템 일람을 보며 생각했다.

그리고 내가 그러고 있자니 오토나시가 말없이 식재료 아이템을 꺼내주었다.

"그럼 나도 요리 기대할게."

"그래, 그럼 나도 식재료를 제공하지. 이것도 써줘."

랑그레이와 오토나시는 내게 식재료 아이템을 건넸다.

"고마워! 응. 이 식재료로 뭘 만들 수 있으려나?"

대량의 채소 계열 아이템과 육류 아이템, 그리고 오렌지 주스와 향신료 몇 종류였다.

"내가 가지고 있는 것 중에는 돼지고기가 많이 있으니

까…… 돈지루, 돈가스 샌드위치, 그리고 고구마도 있으니까 고구마 오렌지 조림도 맛있지."

"오렌지 조림…… 그게 뭐야? 맛있겠다."

졸려 보이는 눈을 살짝 뜬 오토나시에게 어떤 요리인지 설명했다.

"둥글게 자른 고구마하고 레이즌을 오렌지 주스에 졸여서 신맛을 날린 다음 단맛하고 점성을 살린 디저트야. 고구마의 전통적인 맛과 감귤 계열의 단맛이 꽤 맛있거든."

전통복을 입고 있는 오토나시는 꽤 흥미가 있는 모양이었다.

"기대할게. 랑그레이, 가자."

"그, 그래…… 그럼 윤, 나중에 보자!"

그렇게 말하고 아다만타이트 광석을 채굴하러 가는 랑그레이와 오토나시를 배웅했다.

그런 다음 야외에서 요리를 하기 위해 앞치마와 테이블, 풍로, 조리기구를 꺼내 준비했다.

"자, 뤼이, 자쿠로도 도와줘——《소환》!"

나는 일각수 뤼이와 공천호 자쿠로를 불러내 요리를 도와달라고 했다.

"뤼이는 큰 냄비에 물을 담아줘. 자쿠로는…… 미안, 도와줄 게 없구나."

『뀨우?!』

자쿠로는 도와달라고 불렀는데 도와줄 게 없다는 말을

듣자 깜짝 놀라 꼬리 세 개를 곤두세운 다음 힘없이 늘어뜨렸다.

내 말을 듣고 뤼이가 따지는 듯이 머리의 뿔로 찔러댔다.

"아~, 뤼이, 그만해. 농담이니까! 뤼이하고 자쿠로에게는 나중에 요리가 다 되었을 때 맛보기를 부탁할 거야!"

내가 그렇게 부탁하자 자쿠로가 힘없이 늘어져 있었던 꼬리를 다시 치켜든 다음 기분 좋게 흔들기 시작했다.

그런 자쿠로의 모습을 보고 살짝 쓴웃음을 지으면서 큰 냄비를 꺼낸 다음 그 안에 뤼이가 만들어낸 물을 담았다.

그리고 우선 돈지루를 만들기 위해 건더기를 자르고 있자니 [팔백만] 요리사 플레이어들이 모여서 함께 요리를 하기 시작했다.

[팔백만]의 요리사들은 미리 정해두었던 요리를 하기 시작했고, 그중 몇 명은 내 요리를 도와주었다.

"돈지루의 건더기는 돼지고기, 당근, 감자, 무인가요?"

"거기에 고구마하고 파, 그리고 생강 대신 하쿠가 뿌리를 쓸까."

나는 돼지고기로 쓸 빅 보어 고기와 내한 효과를 부여할 수 있는 식재료인 하쿠가 뿌리를 꺼냈다.

"그럼 식재료를 썰까요."

"아, 고구마는 나중에 개인적으로 다른 요리에 쓸 거니까 먼저 몇 개 빼둘게."

"알겠습니다!"

그렇게 여러 사람과 함께 식재료를 썰었고, 부족한 식재료도 포탈을 이용해 [팔백만] 길드 홈에서 가져올 수 있었기에 즐겁게 요리를 할 수 있었다.

끓인 물에 육수와 채소, 돼지고기를 넣고 졸인 다음 우려내고 적당히 끓인 뒤 된장을 넣고 맛을 보며 간을 맞췄다.

"응. 이 정도면 되려나?"

"괜찮을 것 같네요. 몸이 따뜻해지는 맛이에요."

"뤼이하고 자쿠로도 맛볼래?"

내가 얕은 그릇에 돈지루를 담아서 뤼이와 자쿠로에게 맛보기를 부탁하자 둘 다 기분 좋게 꼬리를 흔들며 맛있다는 반응을 보였다.

그 모습을 보고 나와 요리를 도와준 여자애 요리사 플레이어도 한숨 돌렸다.

"그럼 다른 것도 팍팍 만들어버릴까! 다음은 돈가스 샌드위치로."

"그럼 역할을 나눌까요."

돼지고기는 아직 많이 남았다.

다음에는 두껍게 썬 빅 보어 고기를 마기 씨의 식칼로 칼집을 낸 다음 소금과 후추로 간을 하고, 밀가루, 코카토리스의 알, 빵가루를 바른 뒤 이동백 씨앗으로 짜낸 깔끔한 금빛 기름 안에 넣고 튀겼다.

돈가스를 튀기는 역할을 나누어 계속 요리를 진행해 나갔다.

그리고 돈가스가 노란색으로 튀겨지자 받침대 위에 올려서 맛을 보았다.

"좋아, 잘 익었네."

방금 튀긴 것을 하나 먹어보니 맛이 괜찮았다.

뤼이와 자쿠로에게도 맛을 보라고 주자 뜨거워서 그런지 입을 뻐끔거리면서도 돈지루를 주었을 때보다 더 꼬리를 힘차게 흔들면서 맛있다는 반응을 보였다.

"아~, 이 돈가스하고 돈지루로 돈가스 정식을 만들고 싶을 정도인데요."

"돈지루는 추운 지하 계곡에서 편하게 지내기 위한 냉기 대책, 돈가스는 샌드위치로 만들어서 편하게 먹을 수 있는 만복도 회복 수단이니까 그건 힘들겠는데."

나는 돈가스 정식에 대한 제안을 듣고 살짝 쓴웃음을 지으면서 식칼로 가져온 식빵을 잘랐다.

빵 모퉁이를 떼어내고 빵의 한쪽 면에 버터를 바른 뒤 얇게 썬 양배추, 돈가스를 담아서 바삭하게 튀긴 돈가스에 소스를 묻힌 다음 빵을 덮는다.

접시에 담아 모양을 딱 맞추고 식칼을 비스듬히 기울여 삼각형으로 만든다.

"우와…… 바로 먹고 싶을 정도인데요."

"안돼. 우리보다는 여기로 원정을 올 사람들에게 먼저 줘야지."

"이럴 수가~."

몇 명은 요리하다가 맛보는 것만으로는 만족하지 못했는지 그렇게 말했지만, 나는 미소를 지으며 달랬다.

"여기로 오면서 많이 고생했을 원정 참가자들을 우리가 맞이해주자."

"아, 천사님, 아니, 성모님……"

"아니, 보모님이지."

그러니까 왜 그렇게 되는 거냐고, 그렇게 생각하며 손가락으로 관자놀이를 짚으면서 돈가스 샌드위치를 계속 만들어나갔다.

그밖에도 새로 꺼낸 큰 냄비로 차를 끓이거나 둥글게 썬 고구마와 한산포도를 말려 만든 레이즌을 오토나시에게 받은 오렌지 주스에 담고 타지 않을 정도로 약한 불에 졸였다.

"음~, 이 정도면 되려나? 고구마에 포크가 들어가니까."

익었는지 확인하기 위해 포크로 찔러보니 안쪽까지 확실하게 들어갔다.

"좋아, 뤼이하고 자쿠로. 맛보기 부탁해."

『뀨우!』

오늘 세 번째로 맛을 보게 되자 잔뜩 기대하는 뤼이와 자쿠로에게 고구마 오렌지 조림을 먹이자 만족스러운 눈치였다.

따끈따끈하게 익힌 고구마를 다 먹은 뒤에도 졸여서 신맛이 날아가고 단맛과 순한 맛이 남아 있는 오렌지 소스를 필사적으로 핥아먹고 있었다.

"오렌지 조림이라. 시험 삼아 닭고기로 만들어볼까?"

"그것도 괜찮지만 마멀레이드로 굽는 것도 있었지. 코카 토리스 고기를 가지러 다녀올게."

대충 마무리되자 다음 요리를 뭘로 할지 고민하던 요리사 플레이어가 급하게 뛰어갔다.

"자, 슬슬 오토나시하고 랑그레이가 채굴을 마칠 때가 되었으려나? 아니면 클로드 일행이 먼저 올까? 그러고 보니 뮤우네도 포탈은 아직 등록 안 했었지."

나는 앞치마를 벗고 쉬면서 뤼이와 자쿠로를 빗질해주며 기다렸다.

지하 계곡은 채굴 포인트에서 아다만타이트 광석이 나오긴 하지만 발치가 위험하고 적 MOB이 강해서 그다지 짭짤한 곳이 아니다.

그리고 지하 계곡 위쪽에서 안내를 받고 내려온 플레이어들이 몇 명씩 도착하기 시작했다.

"뤼이하고 자쿠로는 기다려. 나는 다시 도와주러 갈 테니까."

사역 MOB들에게 그렇게 말한 뒤 싸늘한 지하 계곡을 지나온 플레이어들을 돈지루와 돈가스 샌드위치, 그밖에도 준비해둔 따뜻한 식사로 맞이했다.

"우오오오옷, 여자애들이 손수 만든 요리다아아아! 몸과 마음이 따뜻해!"

"아~, 여기 꽤 힘들었어. 일단 마을로 돌아가야지."

"이 돈지루, 내한 효과가 있어서 몸이 따뜻해지네. 이왕 이렇게 된 김에 누가 나하고 사귀어서 마음도 따뜻하게 해줘."

"좋았어! 힘이 난다! 지하로 더 가보자고!"

이곳에서 휴식을 취하거나, 힘이 부족하다는 것을 느꼈는지 포탈로 마을에 돌아가거나, 곧바로 안쪽을 향해 떠나는 플레이어들을 배웅했다.

그런 와중에──.

"얏호~! 윤 언니! 우리도 밥 줘!"

"여, 여기까지 오는데 꽤 오래 걸리긴 했지만 겨우 도착했다."

"뮤우, 타쿠. 그리고 다들 왔구나."

뮤우와 파티 멤버인 루카토 일행.

타쿠와 파티 멤버인 간츠 일행.

열한 명이 한꺼번에 내가 있는 곳으로 몰려들었다.

다들 지하 계곡의 [냉기 대미지] 대책으로 동복 장비를 입고 있긴 했지만 그래도 추웠는지 따스한 요리를 찾고 있었다.

"자. 돈지루, 몸이 따뜻해질 거야."

"땡큐~. 휴우, 따뜻하다."

그렇게 말하며 김이 피어오르는 돈지루를 마시고 건더기를 급하게 먹는 타쿠 일행.

"뮤우하고 타쿠네도 지하 계곡 쪽으로 가는 모양이던데, 성공할 수 있을 것 같아?"

"괜찮아! 그런데 올 때 지하 계곡의 발치가 위험한 걸 보니 한데 뭉쳐서 이동하긴 힘들 것 같긴 해."

뮤우는 바로 돈지루를 한 그릇 더 달라고 했지만, 한 사람당 한 그릇이라고 말했다.

그 대신 돈가스 샌드위치와 큰 냄비로 끓인 따스한 차를 건넸다.

"그러고 보니 오는 도중에 몇 명이 발을 헛디뎌서 떨어졌지. 지름길로 가려고 꾸불꾸불한 절벽에서 뛰어내렸다가 죽어서 돌아간 사람도 있었고."

왜 그렇게 무모한 짓을…… 그렇게 생각하며 그 광경을 상상해보니 기운이 빠졌다.

"그리고 발치가 좁아서 적 MOB하고 전투할 때 피하기 힘들어. 그리고 타쿠 씨네 파티가 사람이 적으니까 이번에는 움직이기 편할 것 같아."

내가 뮤우의 의견을 듣고 고개를 끄덕이자 만복도를 회복한 뮤우가 뤼이와 자쿠로를 끌어안고 몸에 볼을 비비기 시작했다.

"그렇구나. 그러고 보니 세이 누나하고 미카즈치, 클로드 못 봤어?"

[팔백만]이 주최한 세 방면 동시 원정의 대표인 세이 누나와 미카즈치, 나와 만나기로 한 클로드에 대해 물어보았다.

"세이 씨 일행은 제일 뒤에서 뒤처진 플레이어들을 회수하면서 오고 있을 거야. 클로드 씨도 보조해주고 있고."

"호오, 그렇구나."

[냉기 대미지] 대책 없이 지하 계곡에 돌입한 플레이어들은 클로드가 가져온 핫 드링크를 마시며 오고 있는 모양이었다.

그렇게 타쿠네 이야기를 들었고, 뮤우와 타쿠 일행이 잠시 휴식한 뒤 지하 계곡 안쪽을 향해 출발했다.

나는 지하 계곡 동굴에 있는 세이프티 에리어에서 가장 뒤쪽에 있다는 세이 누나와 미카즈치, 클로드, 그리고 [아다만타이트 광석]을 채굴하러 간 랑그레이와 오토나시가 무사히 돌아올 때까지 기다렸다.

●

뮤우와 타쿠 일행이 출발하고 난 뒤 시간이 조금 지나자 바로 가장 뒤쪽에 있다던 세이 누나와 미카즈치가 왔다.

그밖에도 클로드와 약간 그을음이 묻은 랑그레이와 오토나시도 함께 도착했기에 안심이 되었다.

"세이 누나하고 미카즈치, 클로드, 고생했어. 랑그레이하고 오토나시도 어서 오고."

내가 그렇게 말하며 맞이해주자 다들 지쳤다는 듯이 미소를 지으면서 바로 따뜻한 돈지루를 받으러 왔다.

"윤, 고마워. 역시 이렇게 많은 사람들이 한꺼번에 이동하니 힘드네."

"그렇지. 사람이 조금 더 많았다면 제대로 움직이지도 못했을 거야."

세이 누나와 미카즈치가 하는 이야기를 들어보니 뒤처진 플레이어가 예상보다 많아서 집단으로 이동하는 것이 힘들었던 모양이었다.

그로 인해 플레이어 몇 명에게 호위 겸 안내 역할을 맡기고 먼저 보낸 뒤 세이 누나와 다른 사람들은 중간에 멈춰서 뒤처진 플레이어들을 호위하고 있었다.

"휴우, 뒤쪽에서 기다리던 동안에 마법을 계속 써서 마법 계열 센스 레벨이 올랐다."

"클로드, 레벨 업 축하해."

그렇게 가장 뒤쪽에 남아 세이 누나와 미카즈치에게 호위를 받은 클로드는 기다리던 동안 덤벼드는 적 MOB과 계속 전투를 벌이고 있었던 모양이다.

클로드는 만족스러워했지만 익숙하지 않아서 그런지 지친 기색이 역력했다.

그렇게 플레이어들을 조금씩 보내고 사람들이 많이 줄어들자 채굴하고 있던 랑그레이, 오토나시와 함께 돌아온 모양이었다.

"휴우, 이쪽은 채굴하다가 전투에 휘말리지 않나, 위에서 플레이어가 떨어뜨린 MOB하고 갑자기 전투를 벌이게 되지 않나, 엄청 힘들었다고."

"가기 전에 부탁했던 고구마 오렌지 조림 줘. 대신, 자. 아다만타이트 광석을 선물로 줄게."

랑그레이는 그렇게 불평을 늘어놓았고, 오토나시는 이제
막 만든 고구마 오렌지 조림을 달라고 했다.

"고생했어. 자, 받아."

내가 조금 만든 고구마 오렌지 조림을 두 사람에게 주자 그
모습을 보고 있던 세이 누나도 부럽다는 듯이 바라보았다.

"자. 세이 누나도 고구마 오렌지 조림 먹어."

"와아, 윤, 고마워."

지친 몸과 마음에 신맛과 단맛이 딱 좋았는지 세이 누나
와 다른 사람들이 맛있게 먹었다.

"아가씨! 나는 술 줘! 피곤해! 오늘은 마실 거야!"

"나도 마찬가지야! 윤! 적당한 술 줘!"

발치가 좁은 곳에서 익숙하지 않은 행동을 해서 스트레스
가 쌓였는지 미카즈치와 클로드는 술을 달라고 했다.

"그런 건 됐고, [드워프의 나라]하고 지하 계곡 안쪽 공략
은 안 해?"

"뭐~? 지금은 술을 마셔서 즐거운 기분이 되고 싶단 말
이야! 주는 김에 안주도 적당히 부탁해."

"그래! 이 지하 계곡의 음침한 분위기를 없애기 위해 기분
좋게 마시고 싶다고!"

미카즈치와 클로드는 술 이야기가 나오기만 하면 귀찮아
진다.

"더 이상 돌봐줄 수는 없으니 나는 먼저 갈 거야."

"쳇, 밀어붙이면 될 줄 알았는데. 어쩔 수 없지. 우리도 갈까."

"같은 파티인 윤을 혼자 가게 할 수는 없지. 뭐, 가자고."

미카즈치와 클로드는 그렇게 말하며 겨우 움직이기 시작했다. 그런데 내가 떼를 쓴 것처럼 말하니 납득이 안 된다.

"나하고 오토나시는 여기서 적당히 쉬고 있을 테니 열심히 하고 와."

"휴우, 이 고구마 맛있다. 녹차하고도 잘 어울리네."

랑그레이가 우리를 배웅해주었고, 오토나시는 직접 챙겨온 녹차와 고구마 오렌지 조림을 먹으며 숨을 돌리고 있었다.

그렇게 우리는 [팔백만]의 두 생산직에게 배웅을 받으면서 미카즈치의 안내에 따라 안쪽으로 나아갔다.

"이 앞에는 [드워프의 나라]로 이어지는 길이 있다는데. 정확히 뭐가 있는 거야?"

"뭐, 가보면 알겠지."

지하 계곡 중간에 뚫려 있는 구멍 안쪽에는 아래쪽으로 비스듬히 이어지는 동굴이 있었다.

나는 그 너머로 가본 적이 없기에 뭐가 있는지 모르지만, 미카즈치와 세이 누나는 몇 번 와본 적이 있는지 망설임없이 이 동굴을 내려갔다.

"세이 누나, 여기엔 뭐가 있어?"

"음~. 도착해서 직접 보는 게 낫지 않을까?"

내가 어두운 동굴 안쪽을 바라보자 먼 곳에서 빛이 보였다.

처음에는 앞서간 플레이어들이 켠 조명인줄 알았는데 횃불처럼 부드러운 빛이나 광속성 마법《라이트》 같은 빛이 아닌 것 같은 느낌이 들었다.

그 빛을 향해 내려가다 보니 점점 빛이 커졌고, 거리도 대충 짐작이 되었다.

그리고 빛이 있는 동굴 끝부분에 도착해서 보니 밝은 석재로 이루어진 원형 방과 거대한 철문 세 개가 있었다.

원형 방 가운데에는 앞서 출발한 플레이어들이 모여 있었다.

때때로 방 가운데에 플레이어가 전이하여 나타나곤 했다.

"어라? 여기는 어떤 곳이야? 여기가 [드워프의 나라] 입구인가?"

"아직 멀었어."

다시 말해 [드워프의 나라]에 도착하지 못한 플레이어가 이 방으로 전이해서 돌아오게 된 건가?

그런데 전이해서 돌아오게 된 플레이어들의 표정은 그다지 어둡지 않았다.

"실제로 보는 게 더 이해하기 쉬울 거야."

미카즈치가 그렇게 말한 뒤 우리를 데리고 왼쪽 문을 향해 걸어간 뒤 약간 열려 있는 거대한 문틈을 통해 안으로 들어갔고, 나도 그 뒤를 따라갔다.

그리고 그 문 안에서 본 것은──.

"어서 와. 여기가 운동 경기장이야."

문 안쪽에는 바닥이 사라진 대신 깊은 나락 같은 구멍이 뚫려 있었고, 건너편에는 들어왔던 문과 마찬가지로 거대한 철문이 있었다.

가장자리에서 들여다보니 지하 계곡처럼 깊은 어둠이 존재했고, 중간에는 둥실둥실 떠 있는 크고 작은 바위가 있었다.

앞서간 플레이어들 중에는 떠 있는 바위로 잽싸게 몸을 날려 차례차례 건너가는 플레이어도 있었다.

그중에는 이 깊은 나락으로 떨어지는 플레이어도 있었고, 그 이유는──.

올라탄 기세로 인해 위아래가 뒤집힌 바위에서 떨어졌다.

뛰어넘으려고 발을 내딛은 힘이 너무 강해서 가라앉은 바위에서 미끄러져 떨어졌다.

일정 시간이 지나면 떨어지는 발판과 함께 나락 밑으로 사라졌다.

올라타려다 거리를 잘못 재고 그대로 나락으로 떨어졌다.

한마디로 균형 감각을 시험하는 코스였다.

"어때, 아가씨도 해볼래?"

"못 해 못 해 못 해! 이런 즉사 코스 같은 건 무서워서 못 한다고!"

나는 지하 계곡을 처음 봤을 때처럼 겁을 먹었다. 그리고 함께 온 뤼이와 자쿠로도 마찬가지로 뒷걸음질 쳤다.

"뭐, 루트는 이곳만 있는 게 아니야. 다음 코스를 볼래?"

미카즈치가 그렇게 말한 뒤 왼쪽 철문을 통해 원형 방으로 돌아오자 좀 전에 나락 아래로 떨어졌던 플레이어들이 그 방에 부활해 있었다.

"저기, 어떻게 된 거야?"

"뭐, 운동 경기 때문에 죽어서 돌아가면 이 방으로 돌아와서 단축 데스 페널티를 받는 거야."

넓은 방에 있는 세 문 너머에는 각각 다른 주제의 운동 경기가 마련되어 있다.

플레이어는 자신의 스테이터스나 센스를 사용하는 방식, 플레이어 스킬 등을 사용해 공략하고 안쪽 방에 있는 다른 운동 경기를 선택해서 나아가며 드워프의 나라를 향해 가야 하는 모양이다.

"단축 데스 페널티는 5분 정도야. 하지만 그 상태에서 실패하면 시간이 누적되니까 보통은 얌전히 공략법을 생각하면서 해제될 때까지 기다리지."

미카즈치의 설명을 듣고 나는 내 센스 데이터를 확인했다.

소지 SP 27

[장궁 Lv42] [마궁 Lv26] [하늘의 눈 Lv27] [간파 Lv38]

[준족 Lv31] [마도 Lv33] [대지속성 재능 Lv15] [부가술사 Lv11]

[조약사 Lv30] [요리인 Lv21] [물리공격 상승 Lv26] [은밀 Lv3]

대기
[활 Lv55] [조교 Lv42] [염동 Lv9] [연성 Lv2] [조금 Lv43]
[생산직의 소양 Lv27] [수영 Lv18] [언어학 Lv28] [등산 Lv21]
[신체내성 Lv5] [정신내성 Lv4] [선제의 소양 Lv17]
[급소의 소양 Lv15]

___

운동 경기의 주제는 모르겠지만 가지고 있는 센스를 잘 조합해서 운동 경기에 적응해 나갈 필요가 있을 것 같다.

"혼자서 클리어해도 되고, 협력해서 클리어해도 돼. 방금 본 떠 있는 발판도 굳이 그 발판을 고집할 필요는 없으니까."

"그래. 나는 운동을 잘하지 못하니까 벽에 얼음 발판을 만들어내서 그곳을 밟고 이동했어."

미카즈치의 말을 듣고 세이 누나가 창피하다는 듯이 볼에 손을 대며 자신의 공략법을 가르쳐 주었다.

바닥에는 큰 구멍이 뚫려있지만 천장과 좌우에 벽이 있기에 그런 공략법도 있겠구나 하고 감탄했다.

"흐음. 클리어하는 것만 놓고 보면 플레이어들마다 안정적인 방법을 마련할 테고, 정석으로 공략하는데 도전할 경우에는 플레이어 스킬을 단련한다는 의미가 있겠지."

운동 경기 이야기를 듣고 있던 클로드가 운동 경기의 의

미에 대해 생각하며 중얼거리자 미카즈치가 씨익 웃었다.

"그런 거야. 레벨을 올리거나 플레이어 스킬을 단련하는 수련장 역할도 지니고 있어. 각각 주제가 다르고 일부 센스는 길드에서 레벨을 올리는 것보다 효율이 좋아."

그렇게 설명한 미카즈치는 오른쪽 문 너머에 있는 운동 경기를 설명하기 위해 나아갔다.

오른쪽 문 너머는 직선 통로가 있었고, 몸을 숨기는데 적합한 오브젝트나 여러 가지 받침대, 그리고 그 위에 놓여 있는 여러 가지 감시 오브젝트가 돌아가고 있었다.

앞서간 플레이어들을 살펴보니 감시 오브젝트에는 경계 범위가 설정되어 있었고, 그 오브젝트 범위 안에 들어가면 오브젝트가 공격하며 플레이어를 방해했다.

맞으면 대미지를 꽤 입는 것 같긴 하지만 공격을 방어하거나 회피, 흘리기 등으로 막거나 경감시킬 수 있는 모양이었다.

그리고 감시 오브젝트의 형태와 공격에는 모티브가 있고, 컵, 완드, 소드, 코인, 이렇게 네 종류로 나뉘어 있었다.

컵은 공격 범위가 넓지만 공격이 발동되기까지 시간이 오래 걸린다.

완드는 구형 빛덩이를 세 발 연속으로 날린다.

소드는 직선 마법을 한 발 날린다.

코인은 공격 발사 속도가 가장 빠르지만 대미지는 다른 공격보다 낮다.

감시 오브젝트의 시야를 피해 나아가거나 날아드는 공격을 피해가거나, 그런 부분에서 플레이어마다 개성이 드러날 것 같았다.

그 운동 경기를 바라보던 클로드가 진지한 표정으로 턱에 손을 대고 있었기에 얼굴을 들여다보았다.

"……클로드? 왜 그래? 역시 마법사에게는 이런 곳이 힘들어?"

"아니, 잠깐 생각을 좀 하고 있었을 뿐이다."

"정말이야? 혹시 이 운동 경기를 통과하지 못할 것 같으면 뤼이에게 도와달라고 해서 안전하게 통과할 수 있는데."

이 운동 경기에서는 뤼이의 [투명화]를 쓰면 들키지 않고 오브젝트를 빠져나갈 수 있을 것 같았다.

사역 MOB을 이용하는 스킬 MP는 내가 대신 소비한다.

클로드와 함께 [투명화]할 경우 내 소비 MP가 훨씬 커지지만 한 명 정도라면 안전하게 통로를 이동할 수 있을 것이다.

"기회가 생기면 그렇게 하지. 마지막 문도 안내 부탁한다."

클로드는 미카즈치에게 마지막 운동 경기 안내를 부탁한 뒤 우리를 데리고 넓은 방 가운데에 있던 문 안으로 들어갔다.

"우와, 통로가 새하얀데…… 이거 안개인가?"

세 번째로 소개받은 운동 경기는 통로 건너편이 보이지 않을 정도로 짙은 안개가 펼쳐져 있는 곳이었다.

"이곳이 짙은 안개가 피어오르며 정신 계열 상태 이상을 거는 2번 운동 경기다."

안개가 짙어서 앞이 잘 보이지 않는다. 게다가 이곳은 미로 같은 곳이었다.

그리고 [혼란]과 [저주] 상태이상이나 덤으로 따라붙는 무작위 부정적인 효과, 그리고 미로에 설치되어 있는 함정이 플레이어들의 앞을 가로막는다.

벽을 따라 나아간다 해도 [혼란] 때문에 제어에서 벗어난 몸이 멋대로 움직이기 시작하며 함정에 걸리곤 하기에 꽤 골치 아픈 운동 경기인 모양이었다.

하지만 미카즈치의 설명을 듣고 어떤 의문이 생겼다.

"미카즈치, 왜 2번이야? 설명 순서를 따지면 3번 아니야?"

오른쪽부터 세어서 2번인 건가? 그렇게 생각하고 있자니 미카즈치가 고개를 저었다.

"윤 아가씨는 눈치 못 챈 모양이네? 이 운동 경기장 문 근처에 번호가 붙어 있어, 0번부터 2번까지."

나는 그 말을 듣고 급하게 [언어학] 센스를 장비하고 뒤쪽에 있는 넓은 방으로 이어지는 철문을 올려다보았다.

철문에 큼직하게 2라는 번호가 붙어 있었다.

"정말이네. 번호가 붙어 있어."

"뭐, 눈앞에 있는 코스는 대충 이런 식이야."

미카즈치가 무기인 육각곤을 어깨에 기대며 의욕을 보였기에 나는 두 사람에게 물었다.

"저기…… 미카즈치하고 세이 누나는 어떻게 할 거야?"

"우리는 일단 원정을 준비하면서 [드워프의 나라]까지 포 탈을 등록해두었어. 그 너머는 흥이 깨지니까 일부러 공략 을 뒤로 미루고 운동 경기를 돌아볼 예정이야."

"나도 미카즈치와 함께 운동 경기를 돌면서 제12센스로 장비한 레벨이 낮은 센스를 키울 생각이야. 윤네는 어떻게 할래?"

세이 누나와 미카즈치는 이미 [드워프의 나라]에 도달했다.

세이 누나가 되묻자, 내가 한 대답은——.

●

"그럼, 윤. 나하고 미카즈치는 먼저 갈게."

세이 누나는 내가 있는 쪽을 걱정스러운 듯이 돌아본 뒤 0번, 공중에 떠 있는 발판 경기장의 옆쪽 벽에 얼음 발판을 만들어 미카즈치와 함께 건너갔다.

나와 클로드가 두 사람을 배웅했고, 옆에 서 있던 클로드 는 고개를 돌리지 않은 채 말을 걸었다.

"흐음. 윤이 내린 결론은 레벨을 올리면서 드워프의 나라 를 향하는 건가."

"미안해, 클로드. 파티인데 멋대로 정해서."

"아니, 딱히 신경 쓰진 않는다. 나도 생산 활동만 하다 보 니 전투 계열 센스를 키우지 못했으니까. 적당히 레벨을 올릴 생각이야."

클로드가 한 말을 듣고 나는 이곳에 있는 첫 번째, 세 종류의 운동 경기에서 레벨을 올리기로 했다.

0번 코스는 벽에 수직으로 《클레이 실드》와 《스톤 월》 등의 방어마법을 사용하여 발판을 만들어내면 세이 누나와 마찬가지로 편하게 나아갈 수 있다.

1번 코스는 뤼이의 [투명화]를 쓰면 공격을 날리는 오브젝트에게 들키지 않고 지나갈 수 있다.

하지만 그러면 센스의 레벨을 올릴 수가 없기에 최대한 운영 쪽에서 생각했을 공략법으로 도전하기로 했다.

"그럼 클로드는 어떻게 할 거야? 키우고 싶은 센스 있어?"

"흐음. 전투 계열 센스를 키우고 싶으니 1번 코스겠지."

"나도 [은밀] 센스를 키우고 싶으니까 1번이려나."

그렇게 결정된 우리의 운동 경기 공략.

"윤은 준비됐나?"

"잠깐만 기다려. 지금 준비할게. 뤼이, 자쿠로——《송환》."

자신의 센스를 단련하려면 뤼이와 자쿠로의 힘을 빌려선 안 된다.

그 때문에 《송환》해서 소환석으로 되돌린 뒤 장비를 갖추었다.

동복 사양 오커 크리에이터에 인식 저해 망토 [몽환의 주민]을 걸치고 주 무기인 [검은 소녀의 장궁]을 들었다.

"좋아, 준비 다 됐나? 우선 1번 코스에 도전할 건데, 둘 중

누가 먼저 갈까?"

"클로드가 먼저 가도 돼. 그리고 서로 보조해가면서 클리어하면 쉬울 것 같으니까, 기본적으로 솔로로 도전하는 느낌으로 가자."

"그렇게 할까."

클로드와 의논을 마친 다음, 우선 클로드가 앞장서고 내가 뒤를 따라갔다.

공격을 날리는 오브젝트와 그 공격을 피하기 위해 무작위로 배치되어 있는 장애물이 늘어서 있는 1번 코스.

클로드는 애용하는 긴 지팡이를 오른손으로 들고 빠르게 걸어가기 시작했다.

눈으로는 근처에 있는 오브젝트가 감시하는 움직임을 보면서 감시 범위를 피하기 위해 움직였고, 때로는 장애물 그늘에 숨기도 했다.

나도 그렇게 움직이는 클로드 뒤를 따라갔고, 통로를 3분의 1 정도 나아갔을 때 클로드가 멈춰 섰다.

"음, 이제부터는 어떻게 움직이더라도 들키겠군."

지금까지 몸을 숨기기 위해 장애물을 활용하고 있었는데, 살펴보니 앞에 있는 장애물 양쪽에 감시 오브젝트가 배치되어 있었다.

양쪽에 있는 감시 오브젝트가 번갈아가며 감시 범위를 보조해주고 있기에 오히려 장애물이 이동하는데 방해가 되고 있었다.

"이제부터는 플레이어들의 개성에 따라 달라질 것 같은데, 클로드는 어떻게 할 거야?"

"스킬을 활용해서 빠져나갈 수밖에 없겠지."

클로드가 그렇게 말하고 감시 오브젝트의 움직임을 관찰하며 타이밍을 노렸다.

"——《스모그》, 《다크 홀》!"

클로드는 암속성 마법 두 종류를 발동시키고 뛰어가기 시작했다.

《스모그》, 검은 안개를 만들어내어 시야를 일시적으로 가리는 행동 저해 계열 마법으로 오른쪽 감시 오브젝트의 시야를 가로막은 다음 그 틈에 뛰어갔다.

그리고 왼쪽 오브젝트가 직선 마법으로 클로드를 노렸지만, 《다크 홀》이라는 검은 소용돌이 같은 방어마법에 막혀다음 안전지대까지 갈 수 있었다.

"윤. 올 수 있나?"

"잠깐만 기다려. 지금 갈 방법을 생각 중이야."

클로드가 한 것처럼 아이템을 사용해서 이 근처에 연막을 피우고 나아갈 수도 있을 것 같다.

하지만 나 자신의 센스를 활용해서 나아갈 방법을 찾기 위해 생각했다.

"좋아, 이 방법으로 갈까. 《인챈트》—— 스피드!"

나는 자신에게 속도 인챈트를 걸고 뛰어갔다.

속도를 높여 안전지대까지 이동하는 시간을 줄이면 그만

큼 공격당할 위험을 줄일 수 있다.

내 움직임을 눈치챈 양쪽 오브젝트가 조준하자──.

"──《클레이 실드》! 하앗──."

오른쪽 오브젝트의 시야를 가로막는 듯이 토벽을 만들어
내고 왼쪽 오브젝트를 향해 숨을 짧게 내쉬며 장궁으로 화
살을 날렸다.

오브젝트는 화살에 맞은 충격으로 인해 몇 초 동안 기능
이 정지되었고, 그동안 토벽 그늘에 숨어 오른쪽 오브젝트
를 피해가려 했다.

하지만 토벽 너머로 나를 노린 오브젝트의 공격이 토벽을
뚫고 내 눈앞에 들이닥쳤다.

"흐악?! 위험하잖아!"

토벽으로 방벽을 치면 막아낼 수 있을 거라 생각했는데
쉽사리 뚫린 것을 보고 살짝 비명을 지르며 클로드가 기다
리고 있는 안전지대로 뛰어들었다.

"그럼 내가 먼저 가마."

그리고 나를 기다리던 동안 이동할 루트를 고르고 있던
클로드가 다시 돌진했다.

클로드는 시야를 가리거나 방어마법을 사용하는 것뿐만
이 아니라 나와 마찬가지로 공격마법을 사용해서 감시 오브
젝트의 움직임을 엇갈리게 만들고 그 틈을 타 나아갔다.

나도 클로드의 움직임을 참고하면서 방어는 석벽으로 만
든 《스톤 월》로 바꿔 마법 공격을 막으면서 나아갔다.

서서히 코스의 난이도가 높아지기 시작해서 나와 클로드는 고전하게 되었다.

절반 정도 지나자 안전지대라고 생각했던 장애물 그늘은 시간이 지나자 지면으로 가라앉아서 감시 오브젝트 한복판에 남겨지게 되기도 했고──.

오브젝트의 감시 패턴이나 루트를 확인하려고 관찰하고 있자니 시간이 지나 오브젝트의 배치가 바뀌기도 했고──.

빠른 판단과 스킬 선택 실력을 키울 수 있는 1번 코스에서 들키지 않게끔 나아간 나와 클로드는 얼마 남지 않은 곳에 도달했다.

"꽤 위험하기도 했지만 한 번에 클리어할 수 있을지도 모르겠네."

"윤, 방심하지 마라. 지금부터는 몸을 숨길 장애물이 전혀 없다."

내가 그렇게 중얼거리자 클로드가 나무랐고, 나는 진지한 표정을 지었다.

양쪽에 수없이 늘어선 오브젝트가 화력을 집중하려는 듯이 플레이어들을 기다리고 있었다.

"여기를 빠져나가는 건 힘들겠군. 윤, 여기서만 협력해서 나아갈까."

"그래. 나는 왼쪽에 있는 오브젝트를 맡을게. 클로드는 오른쪽을 부탁해. 《인챈트》── 스피드."

지금부터는 얼마나 빨리 오브젝트 범위 밖으로 도망칠 수 있을지 승부를 벌이게 된다.

"가자!"

클로드가 외치는 것과 동시에 몸을 숨기고 있던 장애물을 뛰어넘은 뒤 출구를 향해 똑바로 달려가기 시작했다.

그러자 양쪽에 늘어서 있던 오브젝트가 일제히 우리를 노렸다.

"윤! 완드와 코인 오브젝트를 우선적으로 노려라! ──《다크 홀》!"

"알았어!"

클로드가 오른쪽에 있는 오브젝트에 마법을 산발적으로 맞췄고, 일시적으로 기능을 정지시켜 그동안 빠져나가려 했다.

나도 달려가면서 원형 형태의 마법을 날리는 완드와 속도가 빨라서 대처하기 힘든 코인 오브젝트에 화살을 맞춰 움직임을 막았다.

하지만 우리에게 공격 당해 기능이 정지되지 않은 오브젝트가 공격을 날리기 시작했다.

"아얏?!"

"윤, 멈추지 마라! 컵은 공격이 발동되기까지 시간이 걸리고, 소드는 공격이 직선적이야! 움직임을 예측해!"

옆구리에 공격을 한 방 맞았지만 [하늘의 눈]과 [간파] 센스를 구사하여 오브젝트의 공격을 예측해서 겨우 피하며 서서히 출구 쪽으로 다가갔다.

앞서가던 클로드는 움직이면서 마법을 맞추는 것이 쉽지 않아서 그런지 오른쪽 오브젝트에 날린 마법이 빗나갔고, 그에 따라 대처하기 힘든 코인 오브젝트에서 마법이 날아올 뻔했지만 공중에서 화살로 상쇄시켰다.

"윤, 미안하다!"

"신경 쓰지마――아?!"

클로드를 막아준 직후, 왼쪽 무릎 뒤쪽을 얻어맞고 그 자리에 무릎을 꿇었다.

"윤!"

"뭐, 야……! 그쪽 사각에 있었구나!"

우리가 오브젝트로부터 몸을 숨기기 위해 이용했던 장애물 뒤쪽에 코인 오브젝트가 파묻혀 있었고, 그 사실을 눈치채지 못하고 뛰어가기 시작한 우리를 뒤쪽에서 저격한 모양이었다.

그리고 다리를 공격당해 멈춰선 내게 주위에 있던 오브젝트의 조준이 집중되었다.

"《인챈트》―― 마인드!"

굴러가는 듯이 마법을 피하고 마법 방어 인챈트를 걸어 대미지를 경감시켰지만 그럼에도 불구하고 집중포화로 인해 HP가 6할 정도까지 줄어들었다.

"윤! 지금 구해주마!"

"클로드는 먼저 가! 나는 이제 틀렸어!!"

끊임없이 이어지는 집중포화.

일단 멈춰서서 겨우 버텨내고 있긴 하지만 달려가던 도중에 기능을 정지시켰던 오브젝트까지 합세하면 내 HP는 순식간에 녹아내릴 것이다.

직격당하는 것은 피하고 있긴 하지만 연속으로 날아드는 마법 공격 연쇄 보너스로 인해 대미지가 쌓이기 시작했다.

그리고 나는 마지막으로──.

"──《존 봄》!"

살짝 고개를 들고 출구 쪽에 늘어서 있는 오브젝트 무리를 좌표 폭파로 공격해 일시적으로 기능을 정지시켰다.

"가! 클로드!"

"알았다. 너의 희생을 헛되지 않도록 하겠다!"

그렇게 출구 쪽으로 뛰어가는 클로드를 보낸 나는 오브젝트 무리의 집중포화를 맞고 HP를 잃었다.

──운동 경기의 요소로 인해 전투 불능 상태가 되었습니다. 이 경우에는 소생 아이템, 스킬을 사용할 수 없습니다.

암전된 시야 속에서 이런 글자가 떴고, 이 운동 경기의 기점인 원형 방으로 전이되었다.

"이렇게 되는 거구나."

세이 누나와 미카즈치가 설명해준 대로 단축 데스 페널티를 받는 바람에 바로 다시 도전할 생각은 들지 않았다.

나는 단축 데스 페널티 기간인 5분 동안 좀 전에 도전했던 코스를 반성하면서 클로드는 무사히 코스를 빠져나갔는지 걱정했다.

그리고——.

"지금 돌아왔다."

"어서 와. 그리고 생각했던 것보다 일찍 돌아왔네."

슬슬 단축 데스 페널티가 사라져서 내가 클로드를 쫓아갈까 하고 생각했을 무렵에 나와 마찬가지로 클로드가 죽어서 돌아왔다.

"일단 쉴 겸 무슨 일이 있었는지 말해줘."

"으음, 알았다."

나와 클로드는 그렇게 말한 뒤 다른 사람에게 방해가 되지 않게끔 구석으로 가서 이야기를 나누기 시작했다.

"나는 윤의 비장한 각오와 희생 덕분에 그 위기를 벗어났지만……."

"나는 딱히 그런 생각을 하진 않았는데……."

"그때는 정말 박력이 넘쳤지. 마치 영화의 한 장면 같았다."

클로드는 언제부터 녹화했는지 메뉴를 띄우고 영상을 재생시켰다.

——『윤, 지금 구해주마!』

——『클로드는 먼저 가! 나는 이제 틀렸어!』

"아~! 아~! 알았어! 뭐든 상관없으니까! 그거 꺼! 창피해!"

갑작스럽게 재생된 동영상과 객관적으로 들어본 내 대사 때문에 창피함이 솟구쳤고, 큰 소리를 지르며 동영상의 음성을 막으려 했다.

"크크큭, 그만 놀리고 그 뒤에 대해 설명할까."

"······정말, 처음부터 그러라고."

클로드가 한 말을 듣고 나서 따진 다음에야 클로드가 본 1번 코스 너머에 대해 알 수 있었다.

스크린샷으로 찍은 방의 영상과 코스로 이어지는 철문을 [언어학] 센스로 읽어보니 3번, 6번, 7번이라고 적혀 있었다.

"3번 코스, 6번 코스, 7번 코스. 응? 뭐지? 뭔가 법칙이라도 있는 건가?"

그렇게 숫자가 제각각이었기에 내가 고개를 갸웃거리자 클로드는 각 운동 경기의 모습을 스크린샷으로 설명해 주었다.

"이게 윤이 말한 3번 코스의 내용이다. 벽이나 천장에서 나무 열매가 떨어지고 그게 MOB으로 변해 가로막는 코스지."

"흐음. 인간형 식물 같은 건가?"

천장이나 벽에서 붉은 알갱이가 뭉친 과육이 인간형 MOB으로 변해 걸어다니는 것처럼 보였다.

"쓰러뜨려도 일정한 숫자 이상까지는 다시 생겨나니 계속 일 대 다수나 다수 대 다수 훈련을 할 수 있는 곳이겠지. 범위 공격 표적으로는 딱 좋더군."

클로드는 그렇게 느낀 점에 대해 말했지만, 쓰러뜨려도 드롭 아이템 같은 보수가 없는 모양이라 역시 걸리적거리기

만 한다는 느낌이 더 강하다.

"그리고 6번 코스는 장비에 제한이 걸리는 곳이다."

"장비에 제한?"

"뭐, 간단히 말하자면 액세서리나 방어구가 줄어든 상태로 [매료]와 [분노] 상태이상이 있는 방을 빠져나갈 필요가 있는 모양이다."

"아~, 장비에 제한이 걸린다면 방어구나 액세서리로 막을 수가 없겠구나."

"그런 거지. 개인적으로는 2번 코스에서 상태이상만 달라진다는 느낌이다. 그리고 마지막 7번 코스에서 내가 죽어서 돌아왔다."

클로드는 코스를 대충 확인한 뒤 발을 내딛어본 것만으로는 알아낼 수 없었기에 그 코스에 혼자 도전하게 되었다고 한다.

"7번 코스는 일정 간격으로 벽이나 바닥에서 회전 톱날이나 톱니바퀴가 나타나고 천장에서는 플레이어를 따라오는 바퀴 같은 것이 나타난다. 나는 그것들을 피하려 했지만 망토가 톱니바퀴에 끼어서 움직이지 못하게 되었을 때 바퀴에 깔렸다."

클로드는 담담하게 설명했지만, 내가 그 상황을 상상해보니 신음소리가 저절로 나왔다.

"……우리가 이 운동 경기를 통과해서 드워프의 나라에 도착할 수 있을까?"

"그건 도전해봐야 알 수 있겠지. 뭐, 평소보다 마음 편하게 죽어서 돌아온 다음 계속 도전할 수 있으니까."

클로드가 한 말을 듣고 나는 고개를 끄덕인 뒤 다시 드워프의 나라를 향해 둘이서 운동 경기에 도전하기로 했다.

2장   세피로트의 나무와 숨겨진 방

길드 [팔백만]이 기획한 원정에 참가해서 파티를 짠 나와 클로드는 [드워프의 나라]를 향해 지하 계곡의 운동 경기에 계속 도전하고 있었다.

첫날은 여러 번 실패해서 시작 지점으로 돌아오게 되었기에 1번 코스를 빠져나가는 법은 완전히 익숙해져버렸다.

[은밀] 센스나 인식 저해 계열 아이템을 사용해 숨으면서 감시 오브젝트와 마법을 피해 클리어했기에 센스의 레벨이 올랐다.

그리고 이틀째 아침——.

"저기, 오빠 쪽은 어떤 느낌이야?"

아침 식사 때는 메밀가루로 만든 크레이프 빵 요리—— 갈레트를 만들면서 미우와 골든 위크 원정에 대한 이야기를 나누었다.

"내 쪽은 운동 경기 몇 종류를 클로드와 같이 공략하고 있어. 아이템은 별로 안 쓰고 데스 페널티도 짧아서 꽤 빠르게 도전할 수 있으니까 꽤 재미있거든."

"호오, 오빠가 그런 이야기를 하니 신기하네!"

"그런데 미우는 어때?"

"응? 나는 지하 계곡 바닥에 도착했어. 어제는 그곳에서 전이 오브젝트로 다른 에리어에 전이하고 끝났지만 즐거웠어."

나는 미우가 하는 이야기를 들으며 갈레트를 만들었다.

얇게 구운 메밀가루 크레이프 빵위에 베이컨으로 칸막이를 만든 다음 안에 날달걀과 치즈를 넣고 빵 끄트머리를 접고 뚜껑을 달아 쪄서 반숙으로 만든다.

그리고 반숙 달걀 갈레트가 완성되면 그 위에 소금과 후추를 뿌리고 그릇에 담은 뒤 가장자리에 이파리 채소를 조금 담는다.

"잘 먹겠습니다~!"

미우는 나이프와 포크로 갈레트의 크레이프 빵을 자른 다음 반숙 달걀을 깨서 노른자에 한입 크기로 자른 크레이프 빵을 적셔 먹었다.

"응! 맛있어! 베이컨 간이 잘됐네! 다음에는 생 햄으로 만들어줘!"

"사치 부리기는."

나는 미우의 반응을 보면서 내 갈레트를 먹기 시작했다.

그동안 미우가 이야기를 이어서 하는 것을 들었다.

"그리고 전이 오브젝트로 간 에리어 말인데, 이름이 놀랍게도―― 지저 에리어!"

"호오, 어떤 곳인데?"

"음~. 한마디로 하자면 지옥 같은 곳이라고 해야 하나? 적 MOB은 악당처럼 생겼어! 그리고 척박한 곳이지."

"호, 호오……."

척박한 곳이라는 말을 들으니 조합할 때 쓸 소재를 채집할 수 없다면 갈 일이 별로 없겠다는 생각이 들었다.

"그 지옥 같은 지저 에리어는 지금 장비로는 열기 대미지 때문에 힘드니까 오늘은 루카하고 장비를 갖추고 내일 포탈에서 보이는 탑을 향해 갈 거야!"

그렇게 말하고 일찌감치 갈레트를 다 먹은 미우는 더 먹고 싶은 눈치를 보이고 있었다.

그 모습을 보고 나는 내 갈레트를 빈 접시에 옮기고 프라이팬에 메밀가루 반죽을 부었다.

"반죽만 굽는 건 금방 되니까 잼이라도 얹어서 먹을래?"

"앗싸! 크레이프다!"

냉장고에서 딸기와 블루베리 잼을 꺼내며 기뻐하는 미우.

그리고 미우는 추가로 크레이프 빵을 세 개나 더 먹었다.

나는 갈레트와 크레이프를 하나씩 먹은 다음 방으로 돌아와 OSO에 로그인했다.

원정 이틀째에 운동 경기장 입구로 오자 사람 숫자가 줄어든 것 같았다.

이미 첫 코스 때 걸러질 대로 걸러져서 코스를 클리어하기 힘든 플레이어나 더욱 강한 자극을 원하는 사람들은 다른 곳으로 원정을 떠나기 시작하고 있었다.

지금 남아 있는 사람들은 각 운동 경기의 성질을 이용하여 레벨을 올리려는 플레이어나 드워프의 나라를 향해 가려는 사람들이었다.

그런 방에 도착하자 클로드는 나를 기다리면서 세이 누나, 미카즈치와 이야기를 하고 있었다.

"클로드, 미안해. 내가 늦었나?"

"아니, 늦지는 않았다. 그리고, 안녕."

클로드가 돌아서서 인사를 나누었다.

세이 누나, 미카즈치와 함께 스크린샷을 보고 있었던 것 같은데, 세이 누나와 미카즈치에게도 인사를 했다.

"세이 누나, 미카즈치, 안녕. 방금 뭘 보고 있었어?"

"윤, 안녕."

"아가씨, 안녕. 우리가 보고 있었던 건 이거야."

클로드가 스크린샷을 볼 수 있게끔 몸을 살짝 틀었기에 나는 그것을 들여다보았다.

"이거 운동 경기장 지도? 다른 사람들에게 물어보고 알게 된 거야?"

원형 방 10개, 그리고 0번부터 21번까지 방들끼리 이어지는 통로가 그려져 있는 지도.

그리고 가장 아래쪽에 있는 원형 공간에는 왕국이라고 적혀 있었다.

"아~, 이런 식으로 되어 있구나. 그러면 드워프의 나라에 어떤 루트로 가야 하는지 알아보기 편하겠네."

내가 밝게 대답하자 클로드는 다음 그림을 띄웠다.

"다음에는 이 스크린샷을 봐줘."

"어? 아, 똑같은 형태네."

클로드가 보여준 다음 그림에는 방금 본 지도와 거의 같은 형태가 떠 있었다.

원형 10개 안에는 각각 이름이 적혀 있었고, 그것들을 이어주는 선에도 번호와 이름이 적혀 있었다.

"0번이 '광대', 1번이 '마술사'…… 어? 이거?"

"타로 카드나 세피로트의 나무라는 말을 들어본 적 없나?"

"타로 카드는 점을 볼 때 쓰는 거잖아. 세피로트의 나무는 어디선가……?"

내가 고개를 갸웃거리며 그렇게 말하자 미카즈치가 그 이야기의 내용을 보충해서 설명해주었다.

"다시 말해 이 운동 경기장의 전체적인 구조는 세피로트의 나무를 모티브로 삼고 있다는 거지."

"해석은 여러 가지로 나뉘긴 하지만, 예를 들어 7번이 바퀴나 톱니바퀴가 달려드는 '전차' 코스. 8번이 무거운 벽을 여러 장 들어 올리거나 부수며 나아가는 '힘'의 코스, 이런 느낌이려나?"

세이 누나가 그렇게 말하며 설명해주었다.

10개의 방과 그것들을 이어주는 22개의 길로 구성된 운동 경기장.

그리고 클로드가 보여준 새로운 스크린샷에는 세피로트의 나무 도형에 반투명하게 새로운 11번째 구체가 떠 있었다.

"세피로트의 나무에서는 이 구체 부분을 세피라라고 부른

다. 그리고 이 2번 코스의 가운데에 해당되는 곳에 숨겨진 11번째 세피라가 존재하지."

세피로트의 나무를 모티브로 삼았다면 이 운동 경기장 어딘가에 그 숨겨진 방이 존재할지도 모른다.

그 말을 들은 나는 흥분해서 몸을 살짝 떨었다.

"저기, 그걸 발견한 플레이어가 있어?"

"모르겠어. 세피로트의 나무가 모티브라는 것을 눈치챈 플레이어는 있을 테고 검증을 좋아하는 녀석도 있지. 예를 들어 22개의 이어지는 길을 한 번에 전부 클리어하면 어떻게 되는지, 그런 걸 필사적으로 조사하고 있는 녀석이 있어."

실패하면 처음 지점으로 돌아오게 되는 이 운동 경기.

드워프의 나라에 가기 위해서는 세피로트의 나무 도형으로 따지면 최단 거리로 3개 코스만 통과하면 된다.

하지만 반대로 모든 운동 경기를 실패하지 않고 클리어한다면 어떤 보수를 얻을 수 있을까, 그 부분이 신경 쓰이는 플레이어도 있을 것이다.

그런 느낌으로 이 숨겨진 방을 조사하려는 사람도 언젠가 나타날 것이다.

"나하고 세이는 적당히 운동 경기에서 레벨을 올릴 생각이었는데, 이왕 하는 김에 이 숨겨진 방을 찾아보려고 해."

"윤은 어떻게 할 거지?"

미카즈치와 클로드가 물어보았고, 내 대답은 바로 정해졌다.

"클로드는 찾아보고 싶지? 좋아, 클로드가 움직이는 대로 따라갈게."

"그래도 되나? 드워프의 나라에 늦게 도착하게 될지도 모르는데."

"딱히 상관없어. 나도 숨겨진 방에는 흥미가 있으니까. 그리고 [간파] 센스를 가지고 있는 사람이 필요하잖아?"

내 말을 듣고 모두가 기뻐하며 미소를 지었다.

"그럼 조사해보자. 나하고 미카즈치는 여러 가지 운동 경기에 익숙해졌으니까 넓은 범위에서 수상한 곳을 찾아볼게."

"윤 아가씨하고 클로는 2번 코스를 철저하게 찾아봐 줘. 부탁할게."

뭔가 발견하면 프렌드 통신으로 연락을 하기로 정하고 세이 누나와 미카즈치는 1번 코스부터 순서대로 찾기 시작했다.

그리고 남은 나와 클로드는——.

"우리도 2번 코스로 이동할까."

"그래. 2번 코스는 [혼란]하고 [저주]지. 내성 부여 포션이 있는데 어느 쪽을 쓸래?"

나는 포션 2개—— [격정의 침정약]과 [소암의 저항약]을 들고 클로드에게 물었다.

[격정의 침정약]은 [분노]와 [혼란] 상태이상, [소암의 저항약]은 [수면]과 [저주] 상태이상을 경감시켜주거나 막아준다.

하지만 이런 내성 부여 포션은 여러 종류를 사용하면 먼저 쓴 쪽이 사라져버리기 때문에 동시에 사용할 수는 없다.

[혼란]이나 [저주] 중 하나를 골라서 막을 필요가 있다.

"흐음. [혼란]이 더 골치 아프니까. [격정의 침정약]을 쓰도록 하지."

"알았어. 그럼 [저주]는 센스나 액세서리로 막을 거야?"

"아니, 완전히 막으면 경험치가 들어오지 않는다."

액세서리나 센스를 조합해서 상태이상을 완전히 막을 수도 있지만, 상태이상을 회복시키거나 저항해서 얻을 수 있는 경험치가 들어오지 않기에 일부러 내성 쪽에 빈틈을 만들 필요가 있다.

나는 클로드가 한 말을 듣고 납득한 다음 둘이서 [격정의 침정약]을 마시고 스테이터스에 [저항 혼란4] 효과를 부여했다.

그리고 내가 센스를 조정한 결과——.

소지 SP 29

[장궁 Lv42] [마궁 Lv26] [하늘의 눈 Lv28] [간파 Lv40]

[준족 Lv33] [마도 Lv34] [대지속성 재능 Lv17] [부가술사 Lv11]

[조약사 Lv30] [요리인 Lv21] [물리공격 상승 Lv26]

[정신내성 Lv4]

대기

[활 Lv55] [조교 Lv42] [염동 Lv9] [연성 Lv2] [조금 Lv43]

[생산직의 소양 Lv27] [수영 Lv18] [언어학 Lv28] [등산 Lv21]

[신체내성 Lv5] [선제의 소양 Lv17] [급소의 소양 Lv15]

[은밀 Lv11]

레벨을 올리기 위해 장비하고 있었던 [은밀] 센스를 해제하고 그 대신 [정신내성] 센스를 장비했다.

예전에 각종 상태이상 내성을 얻었을 때 무심코 그 센스들을 통합해서 얻은 상위 내성 센스다.

레벨이 30인 각종 내성 센스를 통합시켰기 때문에 막을 수 있는 상태이상의 범위가 넓어지기는 했지만 내성의 효과가 줄어들었고, 필요 경험치도 늘어나서 쓰레기 센스 취급을 받고 있다.

그런 쓰레기 센스이긴 하지만 있으면 좋겠다는 정도로 생각하고 장비한 뒤 2번 코스인 미로에 발을 내디뎠다.

"으윽, 꽤 쌀쌀하네. 내한 장비가 꼭 필요할 정도는 아니지만. 앞도 잘 안 보이고."

안개가 피어오르는 미로 왼쪽 벽을 따라 나아가는 나와 클로드.

"흐음. 바로 [저주3]에 걸려버렸군. 윤은 어때?"

"나는 [저주4]에 걸렸어. 으엑, [마법 봉인]이네."

"나는 [HP 감소(소)]다."

[저주] 상태이상은 MP 감소, 그리고 추가로 무작위 부정적인 효과를 받게 된다.

"아직 대처할 수 있는 효과니까 우선 가볼까."

"그래, 우선 숨겨진 방의 단서를 찾도록 하지."

안개가 껴서 앞이 잘 보이지 않는 미로를 [하늘의 눈]과 [간파] 센스에 의존하여 나아가기 시작했다.

가끔 [혼란] 상태이상에 걸린 플레이어가 움직이지 못하거나, 우리를 보고 공격하거나, 함정을 기동시켜서 자폭하곤 했다.

그래서 보이는 대로 각성약을 사용하여 회복시키면서 탐색해나갔다.

"윤은 사람이 좋구나."

"뭐야, 그러면 안 돼? 나는 조합사니까 약이 남아돌 정도라고."

"아니, 오히려 듬직할 정도다."

크크큭, 그렇게 목을 울려서 소리를 내며 웃는 클로드를 못마땅해하면서 미로에 설치되어 있는 함정을 피해갔다.

"클로드. 눈앞에 와이어 트랩이 있어."

"알았다."

"다음에는 오른쪽에서 튀어나오는 돌기둥이니까 왼쪽으로 피하고 다리가 눌리지 않게끔 조심해."

"알겠다."

설치되어 있는 함정 중에는 대미지 계열이 많았다.

돌이나 벽으로 몸 일부를 짓누르는 압살 계열, 가시나 독이 있는 낙하 함정, 수렴광선이나 화염방사 같은 것이 기동되는 마법 함정 등, 주로 대미지 트랩이 배치되어 있었다.

안개가 낀 데다 [혼란]으로 인해 함부로 움직이다가 함정을 작동시키게 된다.

그리고 [저주] 효과로 인해 MP가 줄어들고 마법이 봉인되어서 마법으로 막지도 못한 결과 함정 때문에 큰 대미지를 입는 것이 이 코스의 주된 실패 원인인 모양이다.

우리는 그런 함정들을 피하면서 숨겨진 방의 단서를 찾기 시작했다.

●

그런 느낌으로 숨겨진 방의 입구를 찾아보았지만…… 보이지 않았다.

"전혀 안 보이는데. 숨겨진 방의 입구."

"그래. 그런데 수상한 곳은 찾아냈군."

나와 클로드는 2번 코스의 안개 낀 미로를 나아가면서 전체 중 3분의 2 정도를 나아간 곳에서 원형 공간을 발견했다.

그전까지 미로가 직선이나 직각으로 구성되어 있었기에 갑자기 나타난 동그란 모양의 공간을 보니 부자연스러운 느낌이 들었다.

그리고 바닥에 닿아보니 안개가 진해서 확실하게 알아보기는 힘들지만 음각 형태처럼 파인 부분이 느껴졌다.

 그밖에도 원형 공간에 맞닿아 있는 통로에는 플레이어들이 다가오지 못하게 하기 위해서인지 다른 곳보다 함정이 많이 설치되어 있었고, 다른 쪽으로 돌아가서 나아가면 2번 코스의 출구에 도착하게 된다.

 "음~. 뭔가 있을 것 같은데 찾을 수가 없네. 클로드는 뭔가 찾은 거 있어?"

 "흐음. 굳이 말하자면 찾았다고 할 수 있겠지."

 클로드가 그렇게 말하고 올려다본 원형 공간의 천장에는 무언가가 새겨져 있었다.

 "이런 건 눈치 못 채지. [간파] 센스에도 반응이 없으니까."

 "하지만 분명히 의미가 있는 내용인 것 같군. 윤, 발판 부탁한다."

 "알았어. 아, 지금은 [마법 봉인] 효과에 걸렸지. 그렇다면── [클레이 실드]!"

 나는 클로드의 발치에 [클레이 실드] 매직 젬을 던졌고, 토벽이 바닥에서 솟구쳤다.

 토벽 위에 올라선 클로드가 가까이에서 천장에 새겨진 것을 바라보고 스크린샷을 찍었다.

 그리고 세 개의 원의 일부가 각각 겹쳐진 형태를 바라보던 클로드는 그 주위에 적혀 있던 장식 문자를 [언어학] 센스로 읽어냈다.

"흐음. 세 개의 원과 그 주위에는 글자가 있군. 아인 소프 오르인가."

"아인 소프 오르?"

"자세히 설명하자면 귀찮아지는데, 의미를 따지면 '무한 광'이라 할 수 있다."

"무한한 빛이라."

다시 말해 빛에 관련된 힌트인가?

"음~. 저 천장에 빛을 쐬는 건가? 무한하다고 할 정도니까 꽤 강한 광속성 마법을 날릴 필요가 있나?"

"하지만 [광속성 재능] 센스를 가지고 있는 사람만 갈 수 있는 숨겨진 방이 있다면 불공평하겠지. 뭔가 장치가 있는지도 모르겠군."

[클레이 실드] 효과가 사라지자 토벽이 서서히 내려오는 와중에 클로드가 그렇게 대답했다.

"슬슬 돌아가서 쉴까. 안개가 끼어서 앞이 잘 보이지 않는 곳을 계속 탐색하자니 피곤하군."

"그래. 내성 부여 포션의 효과 시간을 고려하면 효과가 사라지기 전에 다음 방에 도착할 수 있을 거야."

오랫동안 탐색하다가 [저주] 상태이상에 걸려 있었기 때문에 [정신내성] 센스의 레벨도 올랐다.

"그럼 가볼까."

그렇게 말하고 나보다 먼저 걸어가기 시작한 클로드.

오랫동안 탐색하느라 지쳤는지 함정에 대한 경계를 하지

않고 있었다.

나는 급하게 클로드를 쫓아가서――.

"클로드! 거기는 위험해!"

망토 끝자락을 붙잡고 멈춰 세우자 몇 발자국 앞쪽 벽에서 두꺼운 원뿔 모양 말뚝이 튀어나와 클로드의 가슴 근처를 통과했다.

간단히 뚫려버릴 것 같은 기세와 날카로움을 지닌 두꺼운 말뚝을 보고 긴장이 풀려 있었던 클로드의 얼굴이 약간 굳었다.

"덕분에 살았다, 윤……."

"정말, 이 근처에는 함정이 많으니까 조심해. 내가 앞장설게."

즉사하지는 않았겠지만, 그래도 대미지를 꽤 입었을 거라고 생각하며 클로드는 뒤로 물러났다.

그때, 문득 튀어나온 원뿔 중 일부가 빠져 있는 것이 보였다.

"……이건."

그 말뚝을 확인해보니 구멍이 뚫려 있었고, 안을 들여다보았지만 어두워서 잘 보이지 않았다.

그런데 한순간 무언가가 반사된 것 같은 느낌이 들어서 다시 말뚝 아래를 지나 반대쪽으로 돌아보니 말뚝 측면에도 구멍이 뚫려 있는 것이 보였다.

"이게 뭐지?"

의아해하며 고개를 갸웃거리고 있자니 함정 발동시간이 지나 말뚝이 들어가 버렸다.

왠지 답답해졌고, 우선 어떤 힌트가 될 것 같다고 생각하며 설치되어 있던 함정을 피해 2번 코스를 클리어하고 안전지대인 방에 도착했다.

2번 코스 너머에 있는 방은 4번, 6번, 9번, 11번, 13번, 14번, 15번 코스와 이어져 있었다.

운동 경기장 여덟 곳과 이어져 있기에 각 운동 경기장의 중계지점으로 이용하기 편해서 많은 플레이어들이 모여 있었다.

"세이 누나 쪽은 어떻게 되었는지 물어볼까."

방의 구석 쪽으로 가서 세이 누나에게 프렌드 통신을 보내자 바로 연결되었다.

『그래, 윤. 무슨 일이야?』

"아니, 세이 누나 쪽은 어떤 느낌인가 싶어서."

『숨겨진 방의 단서는 없어. 어딘가에 숨겨져 있는 전이 오브젝트를 통해서 갈 수 있을지도 모르겠다 싶어서 여러 코스를 돌아보고 있고. 지금은 17번 코스에 있어.』

"우리 쪽은 단서 같아 보이는 걸 찾아냈어. 지금은 2번 코스 너머에 있는 방에서 쉬고 있고."

『알았어. 일단 거기서 합류하자. 꺄악?! 미카즈치!』

『으윽, 추워! 윤 아가씨! 미안하지만 따뜻한 걸 만들어놓고 기다려줘!』

왠지 모르겠지만 세이 누나의 프렌드 통신에 끼어드는 듯이 미카즈치의 얼어붙은 목소리가 들렸고, 프렌드 통신이 끊어졌다.

　"……일단 세이 누나하고 미카즈치가 이쪽으로 오는 것 같아."

　"알았다. 나는 좀 피곤하니 수면 상태로 해두지."

　그렇게 말하고 방구석에 책상다리를 하고 앉은 클로드.

　눈을 감고 잠든 것 같은 모습을 보니 지금은 현실 쪽으로 의식이 가 있는 것 같다.

　"자, 나도 미카즈치에게 부탁받은 걸 만들어볼까?"

　냉기 대미지를 주는 코스가 있나? 그렇게 고개를 갸웃거리면서 자그마한 냄비와 풍로를 꺼낸 다음 그 냄비 안에 [숲의 혈명주]를 부었다.

　[한산포도]와 약초 등을 섞어 만든 붉은 와인 같은 [숲의 혈명주]에 레몬즙, 시나몬, 정향, 그리고 [요정향의 화왕밀]이라는 희귀한 벌꿀을 곁들인 뒤 약한 불로 천천히 데우며 알코올을 날렸다.

　"뭐, 이제 천천히 향신료의 향기가 스며들 때까지 기다릴까."

　내가 만드는 건 간단하고 따뜻한 음료인 핫 와인이다.

　왠지 미카즈치가 좋아할 것 같으면서도 미성년자도 마실 수 있는 물건이다.

　내가 느긋하게 약한 불로 데우고 있자니 갑자기 수면 상태였던 클로드의 품속이 빛나더니 클로드의 파트너인 럭 캣 쿠츠시타가 튀어나왔다.

그와 동시에 내 쪽에서도 뤼이와 자쿠로가 어린 짐승 상태로 멋대로 소환되어 서로 코끝을 비비며 인사했다.

그런 모습을 훈훈하게 바라보고 있자니 주위에 알코올 냄새가 섞인 시나몬과 정향 향기가 감돌았다.

"이제 끓기 전에 불을 끄고 마실 때 다시 데우면 되겠지?"

일단 핫 와인을 완성한 뒤 돌아보았다.

그곳에는 수면 상태인 클로드의 얼굴에 쿠츠시타가 달라붙어 있었고, 그 아래에서는 자쿠로가 앞발로 쿠츠시타의 꼬리를 받쳐주며 떨어지지 않게끔 해주고 있었다.

그 모습을 본 뤼이가 뭐하는 거냐며 한숨을 쉬는 모습을 보고 살짝 웃음이 나왔다.

"정말, 뭐하는 거야? 클로드가 깨어나면 깜짝 놀랄 텐데?"

내가 그렇게 말하며 주의를 주었지만 자쿠로와 쿠츠시타는 좀처럼 클로드 곁에서 떨어지려 하지 않았다.

마침 그때 세이 누나와 미카즈치가 모습을 드러냈다.

"윤, 다녀왔어."

"세이 누나, 어서 와."

"으윽, 추워. 오, 잠깐 빌릴게."

목을 움츠리고 춥다는 듯이 팔을 문지르고 있던 미카즈치는 클로드에게 달라붙어 있던 자쿠로와 쿠츠시타를 보고 곧바로 두 팔로 끌어안았다.

갑자기 끌어안자 깜짝 놀라 버둥거리는 자쿠로와 안기는 데 익숙한지 얌전히 미카즈치의 품속으로 들어가는 쿠츠시타.

미카즈치는 뜻밖에도 부드럽게 자쿠로와 쿠츠시타를 안아주고 있는지, 사람이 익숙하지 않은 자쿠로도 점점 진정하기 시작했다.

"휴우, 따뜻하다……. 젠장, 지금까지 피해가던 곳에도 가다 보니 얼어붙어 버렸어."

"자, 따뜻한 거 만들어두었어. 가지고 있던 술로 핫 와인을 만들어봤는데."

내가 그렇게 말하고 [숲의 혈명주]로 만든 핫 와인을 미카즈치와 세이 누나에게 건넨 뒤 내 몫도 컵에 따랐다.

핫 와인 [식량]
만복도+10%, 추가효과 : HP+10%, ATK+20, [내한 효과]/30분
[숲의 혈명주]를 [요정향의 화왕밀]과 여러 향신료로 맛을 낸 핫 와인.

"또 [숲의 혈명주]로 만들었구나. 그냥 마셔도 맛있는데 이렇게까지 만드니 아깝네……. 휴우, 따뜻해진다."

"좀 떫은맛이 나긴 하지만 단맛하고 향신료 향기가 있어서 별로 신경 안 쓰고 먹어도 데운 포도 주스 같네. 윤, 고마워."

미카즈치와 세이 누나는 그렇게 말하며 핫 와인을 조금씩 마셨고, 나도 마셔보았다.

추위에 떨지 않은 나도 핫 와인의 맛과 따스함, 그리고 안심이 되는 느낌이 들어 숨을 내쉬었다.

"이야기는 어떻게 할까?"

"클로드가 돌아온 뒤에 하자."

한 팔로 자쿠로와 쿠츠시타, 양쪽 다 안고 있던 미카즈치가 물어보았기에 그렇게 대답했다.

세이 누나와 미카즈치는 수면 상태인 클로드를 보고 납득했는지 잠시 말없이 시간을 보냈다.

그리고 잠시 후 클로드도 로그인했는지 감고 있던 눈을 뜨고 우리를 보았다.

"흐음. 합류한 모양이군. 그리고 미카즈치……."

"왜?"

"왜 쿠츠시타와 윤의 자쿠로를 안고 있는 거지? 뭐, 멋대로 소환되어 나온 거겠지만……."

"추워서, 좀 빌리고 있다."

고양이 손……이 아니라 고양이인 쿠츠시타를 통째로. 그런 김에 여우인 자쿠로도 빌리고 있던 미카즈치는 핫 와인을 홀짝홀짝 마시면서 조금씩 숨을 돌렸다.

"그런데 세이 누나, 왜 미카즈치는 저렇게 얼어붙은 거야?"

"윤이 프렌드 통신을 보냈을 때 있던 곳이 17번 코스, 극한의 운동 경기장이었어. 나는 [빙속성 재능] 센스 덕분에 냉기 내성이 좀 있는데, 미카즈치는 없으니까."

"그것뿐만이 아니야. 그 전에 14번 코스의 수몰 운동 경기장에서 물에 빠져서 젖은 채로 들어가서 더 추웠다고."

14번 코스는 타로 카드에서 [절제]라는 의미다.

그 모티브로 성배가 사용되었기에 얇고 긴 경기장을 옆에서 보면 V자 모양이고 그렇게 움푹 패인 곳에 물이 가득 차 있는 코스인 모양이었다.

물에 빠진 다음, 매우 추운 17번 코스에 갔으니 정말 힘들었을 것이다.

미카즈치가 얼어붙은 이유는 이해할 수 있었다.

"그렇구나, 그래서 그런 거였어."

"윤 아가씨! 한 잔 더!"

"자."

나는 미카즈치가 내미는 컵을 받아들고 다시 핫 와인을 따랐다.

"일단 우리는 2번 코스를 제외한 코스들을 대충 조사해 봤는데, 숨겨진 방으로 이어지는 길은 찾아내지 못했어."

"그 대신 숨겨져 있던 보물 상자는 몇 개 발견했지만."

미카즈치와 세이 누나가 그렇게 말하고 꺼내든 것은 액세서리 계열 아이템이었다.

운동 경기장에 하나씩 숨겨져 있고, 코스의 모티브가 된 타로 카드에서 따온 이름과 추가효과를 지니고 있는 액세서리.

예를 들자면──.

《절제》의 아뮬렛 [장식품] (중량:2)
HP+5%, 추가효과 : HP 자동회복 (소), 수속성 내성 (소)

《별》의 아뮬렛 [장식품] (중량:2)
MP+5%, 추가효과 : MP 자동회복 (소), 내한 효과(소)

이런 느낌의 약간 희귀한 액세서리다.

"이 《절제》는 14번 코스의 물속 바닥. 이 《별》은 17번 코스 장애물인 얼음 안에 보물상자가 숨겨져 있었어."

전부 합치면 22종류인 타로 액세서리를 다 모으는 것도 재미있을 거라는 생각이 들었다.

그리고 우리가 지나온 2번 코스에서는 이곳저곳 찾아본 것 같은데 타로 액세서리를 찾아내지 못했기에 못 보고 지나친 곳도 있는 것 같다.

"그렇구나."

"이런 느낌이려나? 윤 쪽은 어땠어?"

"나하고 클로드는 2번 코스에서 수상한 문자를 천장에서 발견했어."

나와 클로드는 세 개의 원과 그 주위를 둘러싸는 듯이 아인 소프 오르── 무한광이라고 적혀 있던 내용에 대해 알려주었다.

"흐음~. 무한광이라. 단순하게 생각하면 강한 빛을 비추는 것이 방아쇠가 될 것 같기도 한데."

"하지만 그러면 광속성 마법이 없는 아이들은 찾아내도 들어갈 수가 없겠지."

우리가 한 이야기를 들은 세이 누나와 미카즈치는 우리와 비슷하게 생각했다.

"아~, 그렇겠구나. 즉석에서 [광속성 재능] 센스를 얻는다 해도 무한광이라고 할 정도니까 《라이트》 같은 마법으로는 안 되겠지……. 아니, 앗! 도망쳤다!"

두 사람이 핫 와인을 마시고 충분히 몸이 따뜻해져서 몸을 빌려줄 필요가 없다고 느낀 쿠츠시타가 미카즈치의 품속에서 슬그머니 빠져나왔고, 그와 동시에 자쿠로도 탈출했다.

미카즈치에게 안겨 있던 자쿠로를 내가 맞이해주자 지금까지 북실북실한 느낌을 즐기고 있었던 미카즈치는 조금 쓸쓸한 표정을 짓다가 바로 평소 분위기로 돌아왔다.

"자, 충분히 쉬었으니 그 문자가 있는 곳을 한 번 보러 가볼까."

"그래, 그렇게 하자. 안내 부탁해도 될까?"

나와 클로드는 고개를 끄덕였고, 우리는 세이 누나와 미카즈치를 2번 코스의 문자가 있는 곳으로 안내했다.

●

"여기가 그 문자가 있는 곳이야."

안개를 타고 [혼란]과 [저주] 상태이상이 퍼지며 앞이 잘 보이지 않는 미로를 나아가 나와 클로드가 찾아낸 수상쩍은 원형 공간에 도착했다.

천장에서 세 개의 원을 찾아냈지만, 그것 말고는 주위 통로에 함정이 많은 정도에 불과할 것이다.

"음~. 역시 강한 빛을 비출 필요가 있는 것 같아."

세이 누나가 함정에 걸리지 않게끔 조심하며 주위를 둘러보았지만 우리가 이야기했던 것 이상의 내용은 알아내지 못했다.

"하지만 우리들 중에는 광속성 마법을 사용할 수 있는 사람이 없잖아?"

그렇게 말하며 우리를 둘러보는 미카즈치에게 내가 중얼거렸다.

"아~, 뮤우를 데리고 올 걸 그랬나."

광속성 마법을 사용하는 뮤우의 이름이 문득 생각나서 말하자 세이 누나가 살짝 쓴웃음을 지었다.

"정말, 빛을 어떻게 해야 하는지가 문제야. 미카즈치는 뭔가 생각나는 거 있어?"

"그런 걸 알면 고생도 안 하지. 어딘가에서 강한 빛을 끌어오는 거 아닌가?"

이런 수수께끼 같은 장치에는 보통 그런 게 있는 법이라는 사실을 이해하고 있는 세이 누나와 클로드는 쓴웃음을 지었다.

"그렇게 형편 좋은 게 있을 리가 없잖아. 애초에 그 강한 빛이 어디에 있는데? 그리고 빛을 끌어오기 위해 필요한 거울 같은 반사판 같은 건 어디 있지?"

클로드가 한 말은 매우 당연한 의견이었지만 나는 그 말을 듣고 깨달았다.

"있어. 강한 빛."

""뭐?""

내게 되묻는 듯이 세이 누나와 미카즈치가 나를 돌아보았다.

"지금까지 피하고 있긴 했는데, 대미지 트랩 중에 수렴광선 함정이 있어. 그리고 물리 계열 함정 중에 반사하는 것이 숨겨져 있었고."

"그게 사실이야?"

"으, 응. 하지만 보기만 한 거라 이용할 수 있을지는 몰라."

"일단 조사해보자."

그렇게 이 원형 공간으로 이어지는 통로 세 곳의 함정을 하나씩 조사하게 되었다.

내 [간파] 센스로 찾아낸 다음 미카즈치의 육각곤으로 조금 떨어진 곳에서 그곳을 때리면 함정이 기동된다.

돌기둥이 솟구치거나 벽이나 발치 일부가 들어간 뒤 그 안에서 화살이 나오는 함정, 클로드가 무심코 발동시킨 원뿔형 말뚝이 튀어나오는 함정 등이 있었다.

하나하나 조사해보니 거울처럼 빛을 반사하는 것이 들어 있다는 것을 알 수 있었다.

"이게 그 장치로군. 거울의 위치는 조절할 수 없으니 이것들이 수렴광선 한 줄기를 유도하는 역할을 할 텐데, 중간에 도움이 안 되는 함정도 있겠어."

미카즈치는 발동시킨 함정을 번갈아가며 보고 그렇게 자신의 생각을 말했다.

수렴광선을 반사하는 거울 함정으로 빛을 유도할 수 있다 해도 중간에 다른 함정이 빛을 가로막으려는 듯이 튀어나온다.

"이 장치는 눈치채지 못하고 통로를 지나가다가 우연히 성공할 수 없게끔 이루어져 있어. 의도적으로, 순서에 맞게 함정을 발동시켜야겠는데."

세이 누나는 나와 미카즈치가 조사한 통로 중 한 곳을 향해 얼음창을 맞춰서 함정을 기동시켜 차례차례 수렴광선의 빛을 유도해 나갔다.

벽과 떨어지는 함정에 배치된 거울이 빛을 반사하고 돌기둥과 원뿔 모양 말뚝에 뚫린 구멍을 통과하자 구멍 안에 들어있던 거울의 각도가 바뀌며 통로에 수렴광선이 이리저리 가로질렀다.

그리고 마지막 함정이 기동되자 그곳으로 유도된 수렴광선 끄트머리가 천장 쪽으로 각도를 틀어 세 개의 원에 부딪혔다.

그리고 세 개의 원 중 하나에 빛이 들어왔다.

"좋았어. 성공했다!"

"잘 봐, 아직 부족해."

내가 기뻐하고 있자니 클로드가 지적한 대로 빛을 유도한 것만으로는 아직 숨겨진 방으로 이어지는 길이 열리지 않았다.

"보아하니 비슷한 빛을 두 번 더 비추어야만 하는 것 같은데."

"그렇다면 다른 통로의 함정도 조사해서 유도해야겠네."

나는 함정을 하나하나 조사해서 안에 들어있는 거울을 통해 유도할 방향을 계산해야 하니까 힘들다며 중얼거렸다.

세이 누나는 턱이 손가락을 대고 생각한 다음 우리에게 어떤 제안을 했다.

"저기, 시험해보고 싶은 게 한 가지 있는데, 괜찮을까?"

"응? 세이 누나, 생각난 거 있어?"

"그래. 빛이 나오는 함정은 어디 있지?"

"음…… 다음 함정은 통로 한가운데에서 비스듬히 위쪽에 있어. 실제로 기동해볼게. ──《봄》!"

[간파] 센스로 찾아낸 수렴광선 함정을 눈으로 확인하고 [하늘의 눈]의 타깃 능력을 이용하여 노린 대로 수렴광선 함정에 충격을 줘서 기동시켰다.

그리고 그 모습을 본 세이 누나는 그 함정 쪽으로 걸어가서──.

"아마 이 각도려나──《아이스 월》!"

세이 누나는 지팡이를 들어 올리고 수렴광선을 가로막을 수 있게끔 얼음벽을 만들어냈다.

그 각도에 맞춰 만들어진 얼음벽은 수렴광선을 받고 표면이 열로 인해 녹아내렸고, 강한 빛이 내부에서 굴절하여 진행방향이 바뀌었다.

"응. 마법으로 만들어낸 얼음으로도 빛의 진도를 유도할 수 있는 것 같네. 그렇다면──."

다시 세이 누나가 지팡이를 휘둘러 만들어낸 얼음벽을 무너뜨리고 새로 얼음 발판을 만들어냈다.

천장에 있는 세 개의 원 근처에서 수렴광선 함정까지 이어지는 커다란 케이블 같은 얼음이었다.

그 내부에 수렴광선이 파고든 뒤 내부에서 난반사하며 빛이 천장까지 유도되었다.

빛나는 얼음 케이블이 눈부시게 보였고, 무사히 두 번째 원에 빛이 들어왔다.

"세이는 여전히 마법을 재주 좋게 쓰는구나."

"흐음. 마법으로 만든 얼음으로도 그렇게 빛을 유도할 수 있는 건가?"

"성공해서 다행이야. 그리고 이걸 응용하면 광속성 마법 대책을 세울 수 있겠네."

감탄하는 미카즈치와 클로드를 보고 세이 누나가 미소를 지었다.

나는 흐에, 이렇게 맥이 빠진 듯한 목소리만 내고 있었다.

"세이 누나, 대단해!"

"후후, 윤, 고마워."

세이 누나는 미소를 지으면서 내게 어떤 제안을 했다.

"함정을 활용해서 빛을 유도하는 것도 방법 중 하나고, 광속성 마법으로 직접 원을 비추는 방법, 그리고 내가 했던 방법도 틀린 건 아니야. 아마 이런 방법 말고도 다른 방법이 있겠지. 윤도 무슨 아이디어 없어?"

"아이디어……."

세이 누나가 한 말을 듣고 나는 생각했다.

저 세 개의 원은 무엇에 반응하는 걸까?

일정 이상의 광속성 대미지일까, 아니면 그냥 단순히 일정 이상의 광량일까. 그 부분을 검증하지 못했다.

그래서 나는 그것을 시험해보기로 했다.

"나도 시험해보고 싶은 게 있어."

"응. 윤이 하고 싶은 대로 해도 돼."

나는 세이 누나가 한 말을 듣고 나서 내 무기인 [검은 소녀의 장궁]을 들고 다른 한쪽 손으로는 인벤토리에서 화살과 광속성 속성석을 꺼내 손가락에 끼웠다.

"《엘레멘트 인챈트》── 웨폰!"

[검은 소녀의 장궁]에 광속성 인챈트가 부여되자, 화살을 매기고 천장을 향해 활시위를 당겼다.

장궁에 깃들어 있던 희미한 광속성 하얀빛이 화살로 옮겨

갔고, 발사되었다.

광속성 화살은 세 개의 원에 맞았지만── 그 원 안에 빛이 깃들지는 않았다.

"휴우……."

"안 되나……."

내 행동을 처음부터 끝까지 바라보고 있던 미카즈치와 클로드는 내가 검증하는 모습을 보면서 긴장하고 있었는지 살짝 숨을 내쉬었고, 조금 낙담한 듯이 중얼거렸다.

"그냥 광속성 공격으로는 안 된다면 이번엔 이걸 써야지."

하지만 나는 아직 시험해볼 것이 남아 있었다.

나는 인벤토리에서 그 포션을 꺼냈다.

"윤, 그건 뭐야?"

"[섬광액]── 마법약의 일종인데 효과는 별로 강하지 않거든."

나는 씁쓸하게 웃으며 [섬광액]에 대한 설명을 했다.

EX 스킬인 [마력부여]를 습득하고 조합 계열 센스와 함께 사용함으로써 만들 수 있는 마법약 계열 레시피.

그중에서 무기에 발라《속성부가》와 비슷한 효과를 볼 수 있는 약이다.

포션 타입 마법약은 그렇게 사용하는 것 말고도 던지면 약한 속성 대미지와 추가효과를 주위에 퍼뜨릴 수 있다.

하지만 만드는 사람이 별로 없기에 별로 알려지지 않은 포션이다.

"그럼 간다! 다들 눈 감아!"

나는 비어 있는 쪽 손으로 눈을 가리면서 그 포션병을 천장으로 던졌다.

세 개의 원에 제대로 부딪힌 포션병이 깨진 것과 동시에 순간적으로 강한 빛이 주위에 퍼졌다.

"아~, 눈이! 눈이이이이이!"

내 충고를 듣고 대처하지 못했던 클로드가 [섬광액]의 빛을 똑바로 봐버려서 눈을 부여잡고 제자리에서 뒹굴고 있었다.

"꽤 강한 빛인데. 세이, 아가씨, 괜찮아?"

"나는 괜찮아. 윤은?"

"나는 이 포션을 만든 사람이니까. 주의사항은 이미 알고 있어."

시험 삼아 던져보았을 때 섬광을 봐버렸다는 사실은 창피해서 말할 수 없는 실수다.

실제로 지금 클로드가 눈을 부여잡고 뒹굴고 있는데, 나도 전적이 있었던 것이다.

게다가 [하늘의 눈] 센스 때문에 눈이 너무 좋아서 강한 빛을 보니 HP가 대폭 깎이기도 했다.

그리고 천장을 보니—— 세 개의 원에 빛이 들어왔고 덜컹, 무언가가 끼워진 듯한 소리와 함께 약간 진동이 느껴졌다.

그리고 천장 일부가 열린 뒤 세 개의 원이 내려오고 원기둥이 모습을 드러냈다.

이 장치가 멈추려면 시간이 좀 더 걸릴 것 같다.

"필요한 게 광량이었던 모양이군."

"그렇다면 방금 윤이 던진 [섬광액]이라고 했나? 그걸 가지고 있으면 누구든 이 장치를 간단히 개통시킬 수 있겠네."

세이 누나가 한 말을 들으니 마이너한 마법약 레시피가 조금이나마 도움이 되었다는 생각이 들어서 미소를 지었다.

"그렇구나. 그럼 불꽃놀이 같은 장난감으로도 이 장치를 해제할 수 있겠는데."

"그렇지. 그런 아이템이 더 구하기 쉬울 것 같네."

"그런데 마법약이란 말이지. 아가씨는 또 어떤 마법약을 만들 수 있어?"

"일단 각 속성 마법약이 있어. 무기에 바르면 속성 대미지를 부여할 수 있고, 던지면 시야를 어둡게 가릴 수 있는 [소암액]이나 주위에 큰 소리를 울리는 [음향액] 같은 것도 있지."

미카즈치의 질문에 대답하자, 미카즈치는 바로 만드는 사람이 얼마 없는 이 마법약의 사용 방식에 대해 제안했다.

"이 [섬광액]하고 [음향액]이라는 걸 합치면 스턴 그레이네이드처럼 쓸 수 있겠는데. 시각하고 청각을 마비시킬 수 있지. 그리고 [소암액]은 암속성 마법의 《스모그》처럼 교란하는 데 써먹을 수 있겠어."

주로 대인 계열 아이템으로 유용할 것 같다, 미카즈치가 그렇게 말하는 걸 들으니 그럴싸한 것 같았다.

나와 미카즈치가 이야기를 주고받는 모습을 세이 누나는 훈훈하게 바라보았고, 그사이에 클로드가 섬광의 충격에서 벗어났다.

그리고 천장의 원 부분이 아래까지 내려오자 원기둥 측면에서 얇고 긴 판이 뻗어 나와 나선 계단을 만들어냈다.

"휴우, 아직 눈이 아픈데. 장치가 해제된 뒤에는 이걸 통해서 위쪽으로 올라오라는 뜻인가?"

"그럴지도 모르지. 일단 가보자."

미카즈치가 선두에 서고 세이 누나, 나, 클로드 순서로 나타난 원기둥 나선 계단을 올라가 천장 위쪽으로 향했다.

천장 안쪽은 약간 어두웠지만 바로 빛이 있는 방에 도착했다.

그곳이 운동 경기장들 사이를 이어주는 방과 비슷하게 생긴 것을 보니 숨겨진 방이라는 것을 바로 알 수 있었다.

그리고 그 방 가운데에는 거대한 나무가 하나 있었고, 그것을 올려다보았다.

그 나무는 높이가 20미터 정도는 되어 보였고, 잘 살펴보니 그 거대한 나무는 두 종류의 나무가 얽혀서 거대한 나무 형태를 이루고 있다는 것을 알 수 있었다.

"사과하고 무화과?"

얽힌 채 서로 지탱해주고 있는 신기하고 거대한 나무에는 새빨간 사과와 보라색 무화과 같은 과일이 매달려 있었다.

"흐음. 세피로트의 나무니까 그에 관련된 과일인가? 성서에 나오는 지혜의 열매는 사과라는 설도 있고 무화과라는 설도 있는데, 설마 양쪽 다 있을 줄이야."

잡다한 지식이 풍부한 클로드가 그렇게 중얼거렸고, 우리는 거대한 복합수 쪽으로 다가갔다.

그리고 그렇게 거대한 나무 바로 앞까지 온 우리들의 손에 사과와 무화과가 하나씩 떨어졌다.

세피라의 과실 [소재 · 식재료]
HP+10%, ATK+10, DEF+10, 추가효과 : HP+30%, MP+30%
무화과와 비슷하게 생긴 특별한 과일. 원초의 사람들이 먹었던 신비한 음식.

다아트의 과실 [소재 · 식용]
MP+10%, INT+10, MIND+10, 추가효과 : HP+30%, MP+30%
사과와 비슷하게 생긴 특별한 과일. 원초의 사람들이 먹는 것을 금지당했던 신비한 음식.

손에 떨어진 과일은 각각 과일 계열 식용 아이템이었다.

그리고 사용하면 일시적으로 신체 계열이나 마법 계열 스테이터스를 강화시켜주는 효과를 보고 나는 약간 미묘한 표정을 지었다.

"윤, 왜 그러니?"

"아니…… 이 효과는 좋긴 한데 뤼이나 자쿠로, NPC인 쿄코 씨에게 나누어주기에는 부족하니까."

내가 한 말을 듣고 미카즈치는 그런 거 때문이냐고 살짝 쓴웃음을 지었지만, 내게는 확실한 문제다.

뭐, 과일을 사용해서 이것저것 요리를 한다 해도 하나만으로는 숫자가 부족하기도 하고.

"좋아, 숫자가 부족하다면……."

"윤, 뭐하려는 거지?"

클로드는 약간 불안하다는 눈치로 나를 바라보았고, 나는 장비 센스 중 하나를 [연성] 센스로 교체했다.

최근에 [연금]과 [합성] 센스가 일정 레벨에 도달해서 통합할 수 있는 [연성] 센스가 발생했기에 얻었다.

통합하더라도 얻은 [연금]과 [합성] 스킬은 그대로 사용할 수 있다.

그리고 내가 사용한 것은——.

"역시 이것도 쓸 수 있네. ——《하위 변환》!"

[연금] 스킬의 기본인 물질 변환 스킬을 이용하여 사과와 무화과를 하위 존재로 변화시킨다.

그리고 변화시킨 결과——.

"좋아, 성공했네. 이제 [아트리엘]에 새로운 과일나무를 더 심을 수 있겠어."

나는 무심코 들뜬 목소리로 말했다.

그리고 정신을 차리고 보니 세이 누나와 미카즈치, 클로드가 나를 바라보고 있었다.

"저, 저기…… 왜 그래?"

"윤 다운 방법이다 싶어서."

그렇게 말하며 따뜻한 눈초리로 바라보는 세이 누나. 그리고 그 뒤를 이어 미카즈치와 클로드는──.

"이제 사과와 무화과를 대량으로 입수할 곳이 생겼군. 다음에는 과실주로 부탁하지."

"윤. 내 과일도 씨앗으로 바꿔줬으면 좋겠는데. 리리가 이 나무를 가지고 싶어 할 테니까."

미카즈치는 여전히 술 이야기를 꺼냈고, 클로드는 목공사인 리리에게 줄 선물로 내게 《하위 변환》을 부탁했기에 바로 씨앗으로 바꾸어 클로드에게 건넸다.

그런 다음 이 숨겨진 방을 조사해보았지만 얽혀 있는 복합수 말고는 아무것도 찾아내지 못했다.

어쩔 수 없이 들어왔던 2번 코스로 돌아온 다음 지하 계곡 쪽 포탈을 향해 간 뒤 [팔백만] 길드 홈으로 이동했고, 그날은 느긋하게 시간을 보냈다.

3장   은둔자와 사신

원정 3일째 운동 경기장에서는 어제와는 달리 나와 클로드는 따로 행동하고 있었다.

클로드는 마기 씨와 리리를 만나러 갔고, 간 김에 어제 얻은 성과인 세피라와 다아트의 과실 씨앗을 리리에게 준다는 것 같다.

세이 누나와 미카즈치는 대규모 원정을 주최한 입장이라 [드워프의 나라 루트]뿐만이 아니라 다른 곳의 상황도 확인하러 간다는 모양이다.

"나도 슬슬 드워프의 나라로 가야지."

내가 가지고 있는 센스라면 [혼란]과 [저주] 상태이상을 거는 2번 코스를 지나 14번 수중 운동 경기를 [수영] 센스로 편하게 통과해 22번 코스로 가면 최단 경로로 드워프의 나라에 갈 수도 있다.

하지만 나는 운동 경기장이 제일 많이 연결되어 있는 2번 코스 너머 방에서 다른 곳으로 빠져 각 운동 경기 코스의 특성을 살려 레벨을 올리고 있었다.

그리고 지금 참가하고 있는 운동 경기는 에리어 전체가 어두운 미로이고 그곳을 순찰하는 감시 로봇형 MOB에게서 몸을 숨기고 나아가는 9번 코스였다.

감시 로봇의 요소는 1번 코스, 미로는 2번 코스와 비슷하지만 더 어둡고 감시 로봇의 색적 능력은 더 뛰어났다.

그리고 미로 안에서 들키면 일정한 간격으로 배치되어 있는 체크 포인트로 전이되며 연달아 계속 발견되면 실패 처리당해 처음 방으로 돌아가게 된다.

또한 항상 감시 로봇이 순찰하면서 색적 범위 안에서 커다란 소리나 이야기하는 소리에 반응해서 추적해 올 가능성이 있기에 이 어두운 코스에 있기만 해도 [은밀] 센스에 경험치가 쌓인다.

"휴우, 몇 번 위험한 고비가 있긴 했지만 인식 저해 계열 장비하고 센스 효과가 좋긴 하네."

척 보기에도 감시 로봇의 빛에 닿았는데 [은밀] 센스와 방어구, 액세서리의 인식 저해 계열 추가효과가 중첩된 결과 몇 초 정도라면 발견된 뒤에도 전이되기까지 시간이 좀 걸렸다.

그 잠깐동안 어두운 곳으로 도망칠 수 있다면 세이프 취급인 모양이었다.

"그래도 뒤에 있던 사람에게는 좀 미안하네."

내 센스와 장비 효과로 밀어붙이는 공략을 보고 자신도 할 수 있겠다고 느낀 뒤쪽 플레이어가 바로 감시 로봇의 빛을 쬔 뒤 중간에 있는 체크 포인트로 전이되었다.

"일단 [은밀] 센스의 레벨을 좀 더 올린 다음에 드워프의 나라로 가자."

나는 쉬기 위해 미로의 막다른 곳으로 들어갔다.

"그럼——《스톤 월》!"

막다른 통로에 감시 로봇이 들어오지 못하게끔 방어마법인 《스톤 월》을 사용해 통로 일부를 봉쇄했다.

하지만 그냥 돌벽을 만들어내 통로를 봉쇄해봤자 돌벽의 색이 다르기 때문에 감시 로봇에게 들켜버린다.

그래서 [은밀] 센스로 얻은 새로운 스킬을 함께 사용했다.

"대상은 돌벽——《미미크리》!"

나는 주위에 의태하는 [은밀] 스킬을 돌벽에 발동시켰다.

그러자 돌벽의 질감이나 색이 주위의 벽, 바닥과 비슷해지며 동화되었다.

"잘 살펴보니 의태한 돌벽 색이 더 연한 것 같긴 하지만, 척 보기에는 모르겠지."

이 《미미크리》라는 의태 스킬은 원래 플레이어가 나무나 바위 등의 오브젝트에 동화하여 순찰하는 적 MOB을 기습하거나 들키지 않게끔 접근하기 위해 사용하는 스킬이다.

의태해서 적 MOB에게 들키지 않게끔 뒤쪽에서 접근한 다음 [급소의 소양]이나 [선제의 소양] 등의 센스와 조합하여 사용하는 것이 주된 사용 방식이다.

하지만 나는 [하늘의 눈]의 타깃 능력과 조합하여 자신 이외의 것도 주위에 의태시킬 수 있다.

그렇게 사용한 결과가 의태 돌벽을 이용한 안전지대 확보다.

이렇게 하면 물리적으로 감시 로봇이 들어올 걱정도 없이 푹 쉴 수가 있다.

"휴우, 피곤하다. 단걸 좀 먹어야지."

『뀨우!』

내가 말한 단 음식라는 말에 반응했는지 소환석으로 돌아가 있었던 자쿠로가 퍼엉 소리를 내며 멋대로 나타났다.

그 모습을 보고 살짝 쓴웃음을 지으면서 미리 만들어두었던 과자를 꺼냈다.

요즘에는 포도 계열 식재료 아이템을 대량으로 모았기에 말린 포도로 만들어 사용한 과자를 몇 가지 만들었다.

그중 하나인 레이즌 버터 샌드를 꺼냈다.

타르트 반죽으로 만든 사블레에 버터, 생크림, 향을 내는 바닐라 에센스, 설탕, 럼주에 절인 레이즌을 골고루 섞어서 레이즌 버터 크림을 만들고 사블레 사이에 끼워서 식힌 과자다.

골고루 섞어 만든 버터의 소금기와 설탕의 단맛, 씹어먹으면 럼주가 주르륵 배어 나오는 레이즌에 바삭바삭한 사블레가 맛있다.

나와 자쿠로는 잠시 쉬면서 하나씩 먹었고, 감시 로봇이 소리에 반응했기에 자쿠로는 소리를 내지 않게끔 갉아먹듯이 먹었다. 여우인데도 다람쥐나 쥐처럼 먹는 걸 보니 살짝 웃음이 나왔다.

그리고 나도 레이즌 버터 샌드를 먹고 레이즌 버터 크림의 단맛을 씻어내기 위해 인벤토리에서 꺼낸 차를 마시며

입가심을 했다.

"좋았어, 가볼까."

『뀨우!』

"자쿠로도 따라오려고? 뭐, 상관없긴 한데."

자쿠로 같은 소형 사역 MOB이라면 이런 미로에도 데리고 갈 수 있다.

처음에는 혼자서 클리어하려 했지만, 성수화한 자쿠로의 능력을 사용하지 않는다면 소환해두어도 상관없을 거라는 생각이 들었다.

감시 로봇의 사각인 미로의 막다른 곳에서 나오자마자 발치에 약간 싸늘한 기운이 느껴졌고, 그 직후에 멀리서 커다란 목소리가 울렸다.

『도망쳐! 절대로 저 녀석에게 잡히지 마!』

『죽어서 돌아가! 자폭할 수 있는 녀석은 어서 죽어서 돌아가라고!』

『골든 위크 중에 저 녀석과 만나다니, 최악이다! 젠장!』

은밀하게 행동해야 하는 운동 경기장에서 크게 외치면서 발소리도 죽이지 않고 뛰어가는 플레이어들.

그리고 그런 소음에 반응하는 감시 로봇의 구동음.

그 이질적인 목소리와 분위기가 미궁 안에 퍼졌고——.

『끄아아아아아아아악!』

낯선 단말마가 들리자 나는 눈을 크게 떴고, 자쿠로는 그 목소리를 듣고 놀라 내 품속으로 뛰어들었다.

"무슨 일이 일어나고 있는 거지?"

나는 자쿠로를 인식 저해가 걸린 망토 [몽환의 주민] 안쪽으로 넣고는 부드럽게 끌어안아 소리가 난 쪽을 향해 조용히 나아갔다.

통로 모퉁이에서 멈춰서서 급하게 움직이고 있는 감시 로봇에게 들키지 않게끔 모퉁이 너머로 들여다보고 안쪽을 신중하게 확인한 뒤 나아갔다.

(무슨 일이 벌어지고 있는 거야?)

감시 로봇을 피해 가면서 이 운동 경기장에 나타난 미지의 존재 때문에 긴장하자 심박수가 올라갔다.

이미 큰 소리를 내면서 무언가로부터 도망치려 한 플레이어들은 사라졌는지 소리가 났던 방향은 조용해진 상태였다.

지금은 감시 로봇이 자신의 존재를 알리는 구동음만 울리고 있었다.

그리고 미로 안이 어두워서 모르고 있었지만, 플레이어들을 찾아내는 감시 로봇의 빛이 비춘 통로에는 진한 보라색 안개가 퍼져 있었다는 것을 깨달았다.

원래 이 9번 코스에는 냉기와 진한 보라색 안개 같은 요소가 존재하지 않았다.

그 두 가지 현상에 기시감을 느꼈지만 생각이 나지 않았다.

머릿속에서 엄청난 위기가 느껴지는데도 물러난다는 선택지는 없었다.

철컹, 그런 소리가 나는 것과 동시에 눈앞에 있는 모퉁이

건너편을 비추고 있던 감시 로봇의 빛이 사라지고 미로 바닥에 감시 로봇이 떨어졌다.

그리고 잘그락잘그락, 액세서리가 흔들리는 듯한 소리와 금속을 질질 끌고 가는 듯한 소리가 희미하게 들렸다.

나는 통로 벽에 등을 기댄 채 숨어서 부서진 감시 로봇 너머에 뭐가 있는지 살며시, 신중하게 들여다보다가 깜짝 놀랐다.

"윽?!"

무심코 소리를 지르지 않은 나 자신을 칭찬해주고 싶다.

들여다본 모퉁이 건너편에는 새의 부리를 본떠 만든 듯한 페스트 마스크에 챙이 넓은 모자를 쓰고 까마귀 깃털이 붙어 있는 칠흑 망토를 걸친 존재가 서 있었다.

배회형 보스이자 많은 플레이어들에게 트라우마를 심어 준 MOB——[사신 그림 리퍼]였다.

그림 리퍼의 칠흑 망토 안쪽에는 잘그락잘그락 소리를 내는 사슬이 달린 낫이 바닥에 닿으며 끌려가고 있었고, 그 사슬 달린 낫 중 몇 개는 방금 빛이 사라진 감시 로봇에 꽂혀 있었다.

그리고 그림 리퍼 너머에는 궁지에 몰린 플레이어들이 있었고, 앞쪽에 있던 사람들부터 차례대로 대낫을 휘두르자 쓰러져 가는 모습이 보였다.

감시 로봇을 먼저 파괴한 것은 운동 경기의 특성인 발견된 뒤에 체크 포인트나 방으로 전이시키는 것을 저지하기

위해서였던 모양이다.

(큰일이네. 오지 말 걸 그랬어. 들키기 전에 도망쳐야지.)

나는 예전에 그림 리퍼와 한 번 마주쳐서 죽어 돌아간 적이 있다.

이번에는 다른 플레이어를 습격하는 중이고 내가 있다는 걸 아직 알아차리지 못했기에 이 자리를 벗어날 수 있을 것 같다.

나는 품속에 자쿠로를 껴안은 채 들키지 않게끔 숨을 죽이고 한시라도 빨리 떠나려 했다.

그때, 그림 리퍼의 망토로 가려져 있던 통로 안쪽이 보였고, 그 너머에서 사신으로 인해 궁지에 몰린 플레이어와 눈이 맞았다.

"사, 살려——!"

그 직후, 그림 리퍼가 들고 있던 대낫이 플레이어의 몸을 비스듬하게 베었고, HP를 잃은 플레이어는 쓰러졌다.

하지만 최후의 순간에 팔을 뻗어 내게 도움을 요청했기에 뒤쪽에 있던 새로운 먹잇감, 내가 있다는 것을 눈치채고 돌아보았다.

"윽?! 젠장! ——[봄], [클레이 실드]!"

나는 온 힘을 다해 그 자리에서 도망치면서 매직 젬을 모조리 다 그 자리에 내던지고 뛰어가기 시작했다.

바닥에서 솟구친 토벽이 통로를 가로막으려 했지만 그림 리퍼는 대낫을 휘둘러 토벽을 쉽사리 두 동강 냈고, 토벽 건너편에서 휘몰아치는 [봄]의 다중 폭격은 망토 안쪽에서 뻗은 사슬 달린 낫을 휘둘러 쳐내기 시작했다.

『카카카카캇──.』

나를 비웃는 듯한 특이한 목소리를 내며 나를 쫓아오는 그림 리퍼.

"최악이야, 마주치고 싶지 않았는데!《인챈트》── 스피드!"

속도 강화 인챈트를 걸고 미로 안을 뛰어갔다.

저번과 마찬가지로 나를 쫓아오는 그림 리퍼를 다중 폭격이나 토벽 정도의 마법으로는 막을 수 없다는 사실은 알고 있다.

하지만 애초에 그림 리퍼를 쓰러뜨릴 생각은 없다.

제일 위험한 패턴은 사슬 달린 낫을 벽에 꽂고 단숨에 휘감아서 거리를 좁히는 고속 이동 수단이다.

그렇게 접근하면 쉽사리 저 큰 낫을 휘두를 테고, 쓰러지게 될 미래가 눈에 선했다.

그렇게 하지 못하게 만들기 위해 매직 젬을 모조리 다 써서 토벽을 만들고 시간을 버는 데 전념하며 온 힘을 다해 도망쳤다.

"허억허억! 젠장! 출구는 어디야!"

경험치를 벌기 위해 9번 코스의 거의 한가운데까지 와 있었기 때문에 코스의 출입구가 멀게 느껴졌다.

그런 와중에도 차례차례 만들어낸 토벽을 찢어발기고 쫓

아오는 그림 리퍼.

"좋았어! 감시 로봇이다! 저거한테 들키면!"

눈앞을 순찰하며 돌아다니는 감시 로봇을 발견하고 서치라이트 빛에 닿자 품속에 안고 있던 자쿠로와 함께 통과한 미로 체크 포인트로 날아왔다.

"좋아, 여기까지 오면 이제 로그아웃……, 아니, 왜 지금 안 돼?!"

감시 로봇에게 들켜서 짧은 거리를 이동하긴 했지만 그림리퍼와 벌이게 된 전투가 계속 이어지고 있어서 도망칠 수가 없다.

그리고 생각했던 것보다 그림 리퍼와 거리를 많이 벌리지 못했는지 내가 만들어낸 토벽을 부수는 소리가 근처에서 들렸다.

"젠장! 이렇게 된 이상 숨어서 보내는 수밖에 없지!"

나는 도망치면서 봐두었던 통로의 막다른 곳에 들어가《스톤 월》과《미미크리》스킬을 발동시키고 통로 안쪽에 주저앉아 숨었다.

주위에 의태한 돌벽 건너편에서는 토벽을 부수는 소리가 미로에 울려 퍼지고 있다가 중간에 그 소리가 끊겼다.

보아하니 내가 시간을 벌기 위해 만들어낸 토벽이 전부 부서진 모양이었다.

그리고 중간에 순찰하던 감시 로봇을 파괴하는 소리가 울렸고, 조금씩 내가 숨어 있는 막다른 곳으로 다가오고 있었다.

품속에 안고 있던 자쿠로도 목소리를 억누르고 떨면서 견디고 있었다.

또각, 또각, 걸어오는 발소리와 낫에 달린 사슬이 바닥에 스치는 소리가 미로에 울려 퍼져서 기분이 나빠질 정도로 긴장하게 만들었다.

(부탁이야, 눈치채지 마! 들키면 안 돼!)

나는 뭔가 맞설 수단이 없을지 찾아보기 위해 메뉴의 센스 스테이터스를 띄웠다.

지금도 계속 그림 리퍼를 피해 숨어 있기 때문에 [은밀] 센스의 레벨이 짧은 간격으로 하나씩 올라가고 있었다.

레벨이 17이던 [은밀] 센스가 18, 19, 20…… 이렇게 올라갔다.

센스의 레벨이 너무 빨리 올라가는 것을 보니 오히려 겁이 나서 몸이 떨렸다.

그림 리퍼의 발소리가 가까워지자 센스의 레벨이 올라가는 간격이 줄어들었고, 돌벽 앞에서 발소리가 멈췄다.

(……멈췄어?)

의태한 돌벽 건너편에서 그림 리퍼의 발소리가 딱 멈췄고, 정적이 주위로 퍼져나갔다.

숨을 죽이고 모든 신경을 집중해서 벽 건너편에 있을 그림 리퍼의 모습을 상상했다.

센스의 레벨이 올라가는 간격이 줄어드는 속도는 마치 내가 긴장한 모습을 나타내는 것만 같았다.

그리고 뭔가 행동을 하면 들키지 않을까 하는 강박관념 같은 것에 사로잡혀 꿈쩍도 하지 못하고 몸이 굳었다.

그리고——.

멀리서 다른 플레이어가 낸 소리를 들었는지 그쪽을 향해 걸어가기 시작한 그림 리퍼의 발소리가 울리기 시작했다.

겨우 속였다고 생각하고 한숨을 내쉰 뒤 자쿠로를 안고 있던 팔에서 힘을 약간 뺐다.

"겨우 보낼 수 있었네."

『뀨우~.』

나와 자쿠로는 함께 미로의 벽에 몸을 기대며 늘어졌다.

그때 숨어 있는 동안 뭔가 할 수 있지 않을까 싶어서 띄운 센스 스테이터스가 눈에 들어왔다.

강한 배회형 보스 MOB과 마주친 뒤 숨어서 보낸 결과, [은밀] 센스의 레벨이 29까지 오른 상태였다.

그와 동시에 은밀 계열의 다른 스킬도 몇 개 얻었기에 뜻밖에도 빠르게 레벨을 올린 셈이지만, 지금은 내버려 두자.

이제 시간이 지나면 전투 상태가 해제되고, 로그아웃하면 완전히 도망칠 수 있다.

"위험했어. 그림 리퍼에게 당하면 특수 데스 페널티가 걸려서 힘드니까."

그림 리퍼에게 당해버리면 특수 데스 페널티를 받아 사흘 동안이나 스테이터스가 떨어져버린다.

이 골든 위크 동안에는 걸리지 않았으면 하는 상황이다.

"자, 슬슬 로그아웃할 수 있으려나."

내가 그렇게 중얼거린 다음 메뉴를 조작하려고 하자 [은밀] 센스의 레벨이 하나 올랐다.

"어?"

어째서? 그렇게 생각하고 귀를 기울여보니 다른 플레이어 쪽으로 가던 그림 리퍼가 바로 돌아왔다.

자폭 스킬을 사용해 죽어서 돌아가는 방식으로 그림 리퍼의 특수 데스 페널티를 피한 모양이었다.

그리고 다시 우리 눈앞에 있는 돌벽을 통과했을 때━━.

『카카카캇━━.』

"히익?!"

특이한 목소리와 동시에 금속이 부딪힌 것 같은 둔탁한 소리가 들렸기에 나도 모르게 비명을 질러버렸다.

의태한 돌벽은 토벽처럼 쉽사리 파괴할 수는 없지만, 휘두른 대낫 끄트머리가 돌벽을 관통했다.

헤집는 듯이 뽑아낸 대낫이 뚫은 구멍 너머로 허리를 구부린 그림 리퍼의 페스트 마스크 일부가 보였고, 이쪽을 들여다보는 것 같았다.

만약 인간이었다면━━ 찾았다라고 하면서 끈적끈적한 목소리와 미소를 보여줄 거라고 상상하니 소름이 돋았다.

"어쩌지, 어쩌지, 들켰어!"

[은밀] 센스의 레벨이 다시 빠르게 오르기 시작했고, 나는

살짝 혼란스러워졌다.

『뀨, 뀨우!』

하지만 자쿠로의 울음소리를 듣고 나는 조금 진정할 수 있었다. 그동안 그림 리퍼가 대낫을 휘둘러 의태한 돌벽을 조금씩 깎아내기 시작하고 있었다.

"무슨, 무슨 방법! 그렇지!"

나는 곧바로 센스 스테이터스에서 레벨이 빠르게 올라 30이 넘은 [은밀] 스테이터스를 성장시켜 [잠복] 센스를 취득했다.

소지 SP 30

[장궁 Lv42] [마궁 Lv26] [하늘의 눈 Lv28] [간파 Lv40]

[준족 Lv33] [마도 Lv34] [대지속성 재능 Lv17] [부가술사 Lv11]

[조약사 Lv30] [요리인 Lv21] [물리공격 상승 Lv26] [잠복 Lv1]

대기

[활 Lv55] [조교 Lv42] [염동 Lv9] [연성 Lv3] [조금 Lv43]

[생산직의 소양 Lv27] [수영 Lv18] [언어학 Lv28] [등산 Lv21]

[신체내성 Lv5] [정신내성 Lv15] [선제의 소양 Lv17]

[급소의 소양 Lv15]

——[잠복] 센스를 취득하였습니다.

——[은밀] 계열 스킬로 《섀도우 다이브》를 취득하였습니다.

"좋아, 이걸로!"

알림 메시지를 받고 주먹을 살짝 쥐었다.

뮤우네 파티 멤버인 토우토비가 예전에 사용했던 스킬이다.

지금은 아공간에 뛰어들어 그림자 속을 이동하는 이 은밀 계열 스킬이 유일한 희망이다.

"——《섀도우 다이브》!"

나는 바로 스킬을 발동시켜서 어두운 곳이 많은 미로 바닥에 몸을 가라앉혔다.

그런데 《섀도우 다이브》의 효과가 자신에게만 적용되는지 자쿠로가 바닥에서 튕겨져 나가버렸다.

"젠장! 자쿠로를 송환할까…… 아니지! 자쿠로——《빙의》!"

『뀨우!』

나는 자쿠로에게 빙의하라고 명령을 내렸다.

그림자 속으로 하반신을 가라앉힌 나는 품속으로 뛰어드는 자쿠로를 받아들이고 일체화했다.

그러자 내 몸에 여우귀와 꼬리 세 개가 돋아났지만 동화함으로써 [은밀] 스킬이 적용되어 함께 그림자 안으로 들어올 수가 있었다.

아공간인 그림자 속으로 도망치는데 성공한 나와 자쿠로는, 그 직후에 그림 리퍼의 대낫에 무너져 내리는 돌벽을 아공간 안에서 바라보았다.

『카카캇?』

그림 리퍼가 무너진 돌벽을 대낫 끄트머리로 찔러서 치우며 막다른 통로에 들어섰다.

하지만 있을 거라 생각했던 우리가 없자 페스트 마스크를 쓴 머리를 오른쪽으로 기울였다.

『카아~?』

툭툭, 바닥과 벽을 사슬 달린 낫과 대낫 자루로 두들겨서 조사해보았지만 전부 다 의태한 돌벽이 아니었고 완전한 막다른 길이었기에 페스트 마스크가 반대쪽으로 돌아갔고, 각도가 더욱 크게 돌아갔다.

그런 모습을 바닥 아래에 드리운 그림자 속에서 올려다보고 있는 나와 빙의한 자쿠로.

그림 리퍼는 그림자 안에 숨은 우리를 찾아내지 못하고 그곳을 떠나갔다.

●

[사신 그림 리퍼]가 나타난 지하 계곡의 운동 경기장에서 탈출하기 위해 OSO에서 로그아웃한 뒤 다시 로그인해서 [아트리엘]의 공방에 들어왔다.

바로 [팔백만]의 길드 홈으로 가보니 미카즈치와 세이 누나, 클로드가 모여서 그림 리퍼에 대한 정보를 수집하고 있었다.

"음...... 잘 지냈어?"

길드가 원정을 떠난 곳에 배회 보스가 나타난 상황이 발생하자 길드 홈 전체가 왠지 어수선하고 긴장된 분위기에 휩싸여 있는 것 같았다.

그런 와중에 맥빠지는 목소리로 말을 건 내게 세이 누나가 달려왔다.

"윤! 운동 경기장에 그림 리퍼가 나타났는데, 혼자 있었다면서! 괜찮아?!"

"나는 괜찮아. 겨우 따돌릴 수 있었으니까."

세이 누나가 걱정해주니 왠지 쑥스러워진 나는 둘러대려는 듯이 맥빠지는 미소를 지었다.

그런 내 모습을 보고 미카즈치와 클로드가 흥미롭다는 듯이 바라보았다.

"우리 길드에서 그림 리퍼에게 당한 플레이어는 별로 없어. 다행히도 자결용 아이템을 가지고 있었기에 특수 데스 페널티를 받지 않고 돌아왔지."

"하지만 그림 리퍼에게서 멀쩡하게 도망칠 수 있는 플레이어는 그렇게 많지 않아. 윤, 성장했군."

왠지 즐겁다는 듯이 미소를 짓는 미카즈치와 클로드에게 뭐라고 대답해야 할지 알 수가 없어서 미묘한 표정을 지었다.

그리고 걱정해준 세이 누나가 내 손을 잡고 앉힌 뒤 챙겨 주기 시작했다.

"윤이 무사하다는 걸 알아서 다행이야. 그리고 특수 데스 페널티도 받지 않아서 다행이고."

"그래, 그럼 이제 어떻게 할지 이야기를 해볼까."

미카즈치는 그렇게 말을 꺼냈다.

"역시 그림 리퍼가 나타났으니까 운동 경기 공략은 중지? [드워프의 나라 루트] 원정은 중지하는 거야?"

배회형 보스인 그림 리퍼가 언제 운동 경기장에서 떠날지 는 모른다.

그동안 뮤우나 타쿠 일행이 간 [지하 계곡 심부 공략 루트]나 마기 씨와 에밀리 양 일행이 간 [해안 진출 루트]로 가야 하나, 그렇게 생각하고 있던 내게 미카즈치가 아니라고 말했다.

"아가씨는 지금 무슨 소리를 하는 거야? 아깝잖아, 하늘이 내려준 것 같은 기회인데."

"뭐?"

"흐음. 하긴 그림 리퍼가 처음 나타났을 때는 강적이었지. 많은 플레이어들이 당하고 흉악한 데스 페널티를 받았어. 하지만 OSO의 상황도 시시각각 변하고 있다."

미카즈치가 한 이야기를 이어받아 계속 말하는 클로드.

"플레이어의 센스 레벨의 성장, 장비의 강화, 소생약 등의 폭넓은 소비 아이템 등. 이것들이 있다면 쓰러뜨릴 수 있는 적이지."

"설마……."

어두운 미로 안에서 쫓기면서 호러 같은 전개에 휘말렸던 나는 미카즈치와 클로드의 그런 생각을 거부하고 싶었다.

"그림 리퍼가 있는 곳을 알아냈겠다! 이번에는 우리가 잡으러 가자!"

"역시나~!"

내가 머리를 감싸 쥐고 소리를 지르자 세이 누나가 나를 달래주었다.

"그림 리퍼는 강한 보스 MOB이긴 하지만 허를 찌르거나 기습하는데 특화되어 있으니까 오히려 이쪽이 먼저 공격하면 우위를 점할 수 있을 거야."

보스는 대부분 에리어 안쪽이나 던전 안쪽에 자리 잡고 있기에 준비하고 도전할 수 있다.

반대로 그림 리퍼는 거의 대부분 갑작스럽게 마주쳐서 전투를 벌이게 된다.

인간 형태에 가까운 소형 보스이기 때문에 장소에 무관하게 나타난다.

좁은 통로나 발치가 좁은 산. 솔로나 소수 파티가 마주치면 난도가 급격하게 올라간다.

하지만 이번에는 운동 경기장 안으로 돌아다니고 있어서 어느 정도 장소를 골라서 전투를 벌일 수 있는 모양이었다.

"정말 싸우려고? 그림 리퍼하고……."

"당연하지. 오히려 정상급 플레이어들은 적극적으로 그림 리퍼를 잡아서 드롭 아이템을 노리고 있어. 반년 전에는 무서운 존재였지만, 지금은 짭짤한 먹잇감인 거지."

사나워 보이는 미소를 짓는 미카즈치에게서 눈을 돌린 다음 도와달라는 듯이 세이 누나를 보았다.

분명 세이 누나라면 내 마음을 이해해줄 것이라 생각——.

"미안해, 윤. 사실 그림 리퍼의 드롭 아이템 중에 [탈명인 데스사이즈]라는 유니크 무기가 있어. 그러니까 나는 윤 하고 클로드 군도 함께 도와줬으면 좋겠는데."

세이 누나는 물욕 센서 때문에 원하는 아이템을 좀처럼 얻지 못 한다.

그래서 원하는 아이템을 얻기 위해 나까지 전투에 참가시킬 생각이다.

마지막으로 나와 함께 파티를 짜고 원정에 참여한 클로드를 보았다.

"괜찮지 않나? 나는 보스에 도전하는 것도 나쁘지 않을 것 같은데. 좀처럼 마주칠 일이 없는 보스라면 도전해도 좋지."

게다가 소생약이 있다면 죽어서 돌아올 일은 별로 없을 것이라는 말을 했다.

"아니, 저기…… 파티 밸런스가 안 좋잖아? 전위는 미카즈치 한 명밖에 없고."

"음, 그런가? 그럼 혼자서 전위 역할을 해내야겠군. 아니면 아가씨가 전위 대리로 도전할래?"

나는 어떻게든 그림 리퍼에게 도전하는 것을 말리기 위해 이유를 찾아보았지만 미카즈치는 딱히 신경 쓰이는 문제가 아닌 모양이었다.

"뭐, 전부 다 원하는 대로 안 풀리는 것도 재미라 할 수 있지! 자, 일단 도전하러 가볼까!"

"에휴, 나는 그냥 드워프의 나라에 가기만 하면 되는데."

"자자, 윤. 그림 리퍼를 쓰러뜨리면 바로 드워프의 나라로 이어지는 운동 경기로 안내해줄 테니까 상심하지 마."

"……저기, 세이 누나. 혹시 내 드롭 운을 기대하고 있어?"

내가 세이 누나를 흘겨보자 미소를 지은 채 눈을 피했다.

"그, 그렇지 않아."

"……그리고 또 한 가지. 클로드의 파트너인 쿠츠시타, 종족이 럭 캣이니까 그 덕도 보려고 하고 있어?"

럭 캣인 쿠츠시타는 성수가 되면서 대상의 LUK 스테이터스를 변화시키는 지원 스킬을 쓸 수 있게 되었다.

아군의 LUK을 올리면 크리티컬이나 드롭율이 상승하는 효과를 받을 수 있고, 적의 LUK를 낮추면 공격의 명중 확률이나 회피 확률이 낮아지는 효과를 일으킬 수 있다.

행운과 불운을 가져다주는 검은 고양이, 그것이 바로 쿠츠시타라는 사역 MOB인 것이다.

"자, 이야기도 다 정리되었으니 다른 녀석들에게 새치기 당하기 전에 그림 리퍼를 쓰러뜨리러 가자!"

"앗, 미카즈치. 잠깐만 기다려!"

나는 급하게 메뉴의 장비와 아이템 등을 확인하고 걸어가기 시작한 미카즈치를 따라갔다.

그리고 넷이서 파티를 짜고 [팔백만] 길드 홈에 설치된 미니 포탈을 통해 지하 계곡 중층에 있는 포탈로 전이했다.

"그럼 역할은 역시 전위 한 명에 후위 세 명인가? 파티원을 두 명 늘리는 게 낫지 않아?"

"사람이 늘어나면 그림 리퍼의 공격이 변칙적으로 바뀌어서 움직임을 파악하기 힘들어져. 이 정도라면 나 혼자 어그로를 계속 끌 수 있고."

"이번에는 사람이 적으니까 안정적인 전투를 중시하면서 지원 역할을 맡을게. 회복마법을 주로 사용하는 힐러 역할을 할 거야."

"그럼 나하고 윤이 후위에서 화력지원을 하는 건가? 내가 암속성 마법, 윤은 화살로 공격. 그리고 사역 MOB을 소환해서 보조하는 것을 중심으로 가면 되겠지."

"내 사역 MOB은 뤼이하고 자쿠로가 있는데 방 안에서 전투를 벌인다면 뤼이가 충분히 힘을 발휘할 수 없을 테고 MP를 관리하기 힘들 테니까 자쿠로만 소환해도 되겠지?"

나는 아직 조금 그림 리퍼에게 도전하기가 껄끄럽긴 했지만 파티원들과 전투에 대해 의논을 할 때는 확실하게 의견을 제시했다.

"그럼 아가씨가 자쿠로. 클로드가 쿠츠시타를 소환하겠

군. 지금 바로 부를 거야?"

"그렇게 할게. 자쿠로——《소환》!"

"쿠츠시타——《소환》!"

나와 클로드가 인벤토리에서 사역 MOB의 소환석을 꺼내 각자 파트너를 불러냈다.

그때 뒤늦게 생각났는지 세이 누나가 미카즈치에게 물어보았다.

"그런데 미카즈치? 그림 리퍼를 어디서 기다릴 거야? 들어가서 바로 있는 방?"

"아니, 거기에는 운동 경기장과 이어진 부분이 별로 없잖아? 아가씨가 그림 리퍼와 마주친 곳은 어디쯤이야?"

"음…… 9번 코스."

"그렇다면 어떤 코스로 넘어갔는지 모르니까, 이어진 곳이 가장 많은 방까지 가자. 그곳을 다른 코스로 넘어가는 중계 지점으로 이용할 가능성이 크니까."

"그럼 2번 코스로 갈까."

이제 여러 번 통과해서 익숙해진 2번 코스의 상태이상 안개가 피어오르는 미로를 나아갔다.

나는 [간파] 센스를 가지고 있기에 선두에 서서 함정 등을 확인하면서 나아갔고, 때때로 그림 리퍼가 덤벼들지 않는지 겁내면서 나아갔다.

"그렇게 겁먹지 말라고. 그림 리퍼가 나타날 때는 징조가 있잖아?"

"그래도 무서운 건 무서운 거야! 그리고 쫓겨다니는 것도 싫다고…….."

미카즈치가 웃었고, 세이 누나도 약간 쓴웃음을 지었지만 나는 진지했다.

다행이도 2번 코스를 무사히 빠져나왔다.

각 운동 경기장과 이어진 부분이 가장 많은 방에는 코스의 특성을 이용하여 레벨을 올리고 있었던 원정 참가 플레이어들이 많이 보였었다.

하지만 지금은 그림 리퍼가 나타나서 대피한 모양이다.

"자, 어떤 문으로 들어갈까. 아니면 여기서 기다릴까?"

"저기, 진짜로 오긴 하는 거야? 배회형 MOB이니까 어딘가로 가버릴 가능성은 없어?"

"있지. 하지만 그러면 안전하게 드워프의 나라까지 포탈을 개통시킬 수 있겠네!"

깔깔대며 웃는 미카즈치.

내키지는 않지만 그림 리퍼와 싸울 때 함부로 돌아다니다가 우리에게 불리한 곳에서 전투를 벌이는 것보다는 여기서 기다리는 편이 더 유리하게 싸울 수 있다.

그리고 운 좋게? 마주치지 않고 다른 에리어로 넘어가 주면 싸우지 않아도 된다.

나는 그러기를 기원하면서 자쿠로와 쿠츠시타를 쓰다듬으며 기다렸다.

그리고——.

『규우!』

『우냐아~!』

자쿠로는 곧바로 내 몸속으로 파고들어 [빙의]했다.

꼬리 세 개가 솟구치고 정수리 근처에 나타난 여우귀가 경계하는 듯이 이리저리 움직였다.

쿠츠시타도 몸을 벌떡 일으킨 다음 클로드의 어깨 위로 뛰어 올라갔다.

사역 MOB들이 가장 먼저 접근하는 위협을 눈치챘고, 뒤늦게 내 [간파] 센스도 반응을 보였다.

"미카즈치! 13번 코스에서 나타난다!"

"이제야 왔나!"

내가 한 말을 듣고 미카즈치가 육각곤을 겨눈 뒤 13번 코스 쪽에 약간 열려 있는 거대한 문을 바라보았다.

그 문 틈새에서 보라색 안개가 흘러나와 방을 뒤덮기 시작했다.

그리고 문 틈새에서 사슬 달린 낫이 튀어나와 방 안에 있던 우리를 덮쳤다.

"세이!"

"나도 알아! ──《워터 라운드》!"

세이 누나가 둥근 물방패를 여러 개 만들어낸 뒤 방어마법을 조작하여 사슬 달린 낫의 기세를 죽여서 첫 번째 공격을 막았다.

그리고 문 틈새로 대낫을 걸어당기며 새를 본떠 만든 페스트 마스크를 쓴 [사신 그림 리퍼]가 모습을 드러냈다.

『카카캇──.』

"아가씨, 클로!"

"나도 알아!《인챈트》── 어택, 디펜스, 스피드!《엘레멘트 인챈트》── 웨폰!《커스드》── 어택, 디펜스, 스피드!"

자쿠로와 빙의한 나는 미카즈치에게 인챈트를 모조리 걸고 무기인 육각관에는 속성석을 사용하여 화속성 인챈트를 걸었다.

그리고 그림 리퍼에게는 커스드로 약체화를 걸었고, 성공했다.

"쿠츠시타, 부탁한다!"

『우냐아아아아아──!』

그 뒤를 이어 클로드의 어깨 위에 있던 쿠츠시타가 크게 울음소리를 내자 우리 주위에 희미한 금빛이 날아다녔고, 무서운 적인 그림 리퍼는 더욱 무시무시해지는 것 같은 검은 오라를 두르게 되었다.

그 직전에 걸었던 커스드의 어두운색 계열 효과와 합쳐지니 더 무서운 느낌이 들었다.

"으엑, 왠지 효과 때문에 더 무시무시해진 것 같은데!"

"안심해라! 쿠츠시타가 LUK를 저하시킨 효과다!"

"자, 이제 우리가 잡아주마! 사신!"

모든 준비가 끝난 것과 동시에 미카즈치가 육각곤을 들고 뛰어가기 시작했다.

그림 리퍼는 미카즈치를 향해 오른쪽 망토 자락에서 사슬 달린 낫을 여러 개 사출했지만 미카즈치가 최소한의 움직임으로 피하고 쳐내며 접근했다.

　그리고 떨어지지 않고 뒤쪽에 있던 우리에게 날아든 사슬 달린 낫은──.

　"──《마궁기ㆍ환영의 화살》!"

　"──《아쿠아 배럿》!"

　붉은 꼬리가 달린 화살이 날아갔고, 그 꼬리에서 갈라진 마법 화살 다섯 개가 차례차례 사슬 달린 낫을 상쇄시켰다.

　그 공격으로도 막아내지 못한 공격을 세이 누나가 날린 물덩이가 쳐내며 막았다.

　"세이 누나, 고마워."

　"괜찮아. 그건 그렇고 클로드 군은 미카즈치를 원호해줘."

　"알겠다. ──《섀도우 불릿》,《그래비티 포인트》!"

　클로드가 지팡이를 겨누고 마법을 사용했다.

　상단에는 그림자로 만든 탄환. 하단에는 공간이 일그러져 구 모양 형태를 띤 마법이 각각 가로로 다섯 개 늘어섰다.

　클로드가 지팡이를 휘두르자 달려가던 미카즈치를 피하려는 듯이 호를 그리는 궤도로 그림자의 탄환과 왜곡 구체가 그림 리퍼에게 날아들었다.

　그림 리퍼는 암속성 마법이 다가오자 오른쪽 사슬 달린 낫과 왼쪽의 대낫으로 쳐내고 그림자 탄환을 가른 뒤 곧바로 기세를 살려 왜곡 구체를 찢어발기려 했다.

『카카, 카캇──?!』

찢어발기려 한 왜곡 구체가 끈적거리는 것처럼 대낫에 달라붙었고, 요격하지 못했던 왜곡 구체가 그림 리퍼의 몸에 맞고 마찬가지로 달라붙었다.

『카카캇──!』

"크크큭, 《새도우 불릿》을 미끼로 삼아 날린 진짜배기 《그래비티 포인트》 맛은 어떠냐?"

클로드가 그렇게 말하자 차례차례 왜곡 구체를 맞고 그림 리퍼의 어깨가 내려갔고, 대낫도 자연스럽게 내려왔다.

"잘했어, 클로! 하아앗!"

곧바로 뛰어들며 육각곤을 휘두르는 미카즈치.

그리고 그림 리퍼는 그 공격을 막기 위해 한쪽 팔로 가볍게 휘두르던 대낫 자루를 두 손으로 쥐고 둔한 움직임으로 미카즈치의 공격을 막고 있었다.

"그렇게 무서운 그림 리퍼가 막기만 하네…… 어째서?"

"암속성 상위 [암흑속성 재능] 센스로 습득할 수 있는 스킬 《그래비티 포인트》에는 맞은 상대방의 행동을 저해하는 효과가 있다."

《그래비티 포인트》의 중력구를 맞으면 움직임을 둔하게 만들 수 있다.

그 효과는 내가 즐겨 사용하는 《머드 풀》과 마찬가지로 행동을 저해하는 보조마법이다.

하지만 《머드 풀》은 경량 계열 MOB에게는 효과가 약하고 비행 능력이 있는 MOB에게는 효과가 없는데다 범위 계열 마법이기 때문에 아군까지 휘말릴 위험이 있어서 인기가 없는 마법이다.

그에 비해 《그래비티 포인트》는 중력구를 맞은 상대에게 효과가 있기에 《머드 풀》처럼 제한이 없는 점만 놓고 보면 상위 호환이라 할 수 있다.

"자, 설명은 이 정도만 하지. 우리도 공격에 참여하자. ──《섀도우 불릿》, 《다크 스피어》!"

"알았어. ──《궁기 · 단발꿰기》!"

클로드가 그림자 탄환과 어둠의 창을 차례차례 미카즈치가 맞지 않게끔 날렸다.

나도 미카즈치의 타격을 피하는 그림 리퍼의 행동을 예측하고 착지하는 곳을 노려 강렬한 화살 일격을 날렸다.

커스드로 인한 속도 저하와 중력구로 인한 행동 저해 때문에 평소처럼 고속 전투를 벌일 수 없게 된 그림 리퍼는 서서히 미카즈치의 타격을 맞고 HP가 줄어들었다.

『카캇!』

하지만 기습에 특화되었다고 해도 보스 MOB이다.

미카즈치의 타격에 맞춰 묵직한 대낫으로 육각곤을 튕겨내고 곧바로 미카즈치를 베며 반격했다.

"크윽!"

대낫을 어깨로 비스듬히 맞은 미카즈치는 일격에 HP 6할을 잃었다.

단숨에 HP를 절반 이상 잃어서 운이 안 좋게도 [기절] 상태이상이 발생했지만——.

"미카즈치, 계속 집중해! ——《메가 힐》,《리셋》!"

세이 누나가 꾸짖는 것과 동시에 날린 회복마법으로 HP가 원래대로 돌아왔고 상태이상도 사라졌다.

"미안! 세이! 하앗!"

"대단하네…….."

"그래, 공격을 맞으리라 예상하고 회복마법을 준비했겠지. 그리고 저것 말고도 마법을 몇 개 대기시켜둔 모양이다."

클로드의 설명을 들어보니 세이 누나는 [지연] 계열 센스를 사용해 회복마법을 언제든지 발동시킬 수 있게끔 대기 상태로 유지시켜 두고 있는 모양이었다.

그런 세이 누나와 미카즈치의 연계에 감탄하면서 우리도 후위에서 원호사격으로 그림 리퍼와 벌이는 전투에 공헌해 나갔다.

●

미카즈치와 그림 리퍼가 벌이는 전투는 계속 미카즈치가 유리하게 진행해 나갔다.

그림 리퍼의 HP가 3할 이하로 떨어진 와중에 미카즈치의 맹공과 후위에서 나와 클로드가 날리는 공격을 합치면 얼마 남지 않은 상황까지 밀어붙었다.

"왠지 의외로 맥이 빠지는데?"

"윤, 방심은 금물이야. 그래도 아무리 위협적인 적이라 해도 정체나 공략법만 찾아내면 결국에는 맥이 빠지는 법이지. ──《메가 힐》!"

내가 중얼거리자 세이 누나가 그렇게 대답하면서 미카즈치의 HP를 회복시켰다.

그림 리퍼의 속도가 떨어졌다고는 해도 공격력은 여전히 높았기에 적당한 회복은 필수다.

그런 와중에──.

"슬슬 《그래비티 포인트》의 행동 저해 효과가 사라진다!"

"뭐어?! 아직 쓰러뜨리지 못했다고! 클로! 다시 걸어!"

"아까부터 노리고 있긴 한데 내 공격만 정확하게 피하고 있다! 힘들어!"

내 옆에서 지팡이를 겨눈 클로드가 미카즈치에게 경고하며 전투를 벌이는데 약간 어긋난 모습을 보였다.

미카즈치가 거세게 공격해대는 틈을 노리고 나와 클로드도 공격하거나 보조마법을 사용하고 있다.

내 경우에는 [하늘의 눈]의 타깃 능력과 마법 스킬을 합쳐서 사용하고 있기에 눈에 보이는 한 거의 확실하게 맞출 수 있다.

그래서 커스드로 걸어둔 약체화가 사라지지 않게끔 다시 걸어두고 있다.

하지만 클로드가 날리는 《그래비티 포인트》의 중력구는

적이 경계하고 있기에 약체화된 상태에서도 원래 고속 전투를 벌이는 그림 리퍼가 쉽사리 피해버렸다.

그리고——.

『카아아아앗——!』

기뻐하는 듯한 비명을 지르며 대낫을 한 손으로 가볍게 휘두르기 시작했고, 지금까지 쓰지 못했던 사슬 달린 낫이 망토 안쪽에서 여러 개 쏟아져 나오는 듯이 바닥에 떨어져 내렸다.

"그걸 쓰게 놔둘 것 같냐!"

미카즈치가 추격타를 가하기 위해 육각곤을 휘둘렀다.

하지만 날아간 사슬 달린 낫이 방의 벽에 꽂혔고, 망토 안쪽에서 세차게 사슬을 휘감아 우리들에게서 거리를 벌렸다.

"놓칠까 보냐! 하아아앗!"

미카즈치는 인벤토리에서 육각곤과 길이가 비슷한 흑철제 금속봉을 꺼냈다.

그것을 어깨에 들쳐 메며 도망친 그림 리퍼를 향해 겨눠 던졌지만, 그림 리퍼는 사슬 달린 낫을 위쪽 벽에 꽂고 우리 머리 위를 고속으로 이동하여 피했다.

"쳇, 놓쳤나."

"흐엑?! 저게 뭐야?!"

세차게 날아간 금속봉은 그림 리퍼가 있던 벽에 힘차게 부딪히고 벽을 함몰시키며 박혀 있었다.

투척 공격이라면 마기 씨가 창을 던지는 모습을 본 적이 있긴 하지만 저렇게까지 위력이 강하지는 않았던 것 같다.

그리고 미카즈치가 노렸던 그림 리퍼는 다시 노리지 못하게끔 사슬 달린 낫을 다른 벽에 꽂고 우리 머리 위를 고속으로 이동하고 있었다.

"쳇, 이건 너무 느린가."

『카카캇──.』

그렇게 우리를 비웃는 듯이 내려다보면서 사슬 달린 낫으로 자유롭게 머리 위를 날아다니는 그림 리퍼는 망토 안쪽에서 사슬 달린 낫을 우리 쪽으로 잔뜩 떨어뜨렸다.

"으앗, 위험해!"

그림 리퍼가 떨어뜨린 사슬 달린 낫이 진자처럼 바닥을 깎아냈고, 우리를 노리는 듯이 튀어올라 날아들었다.

"쳇, 이번에는 우리가 막기에 바쁘겠는데!"

클로드는 불평하면서 어깨 위에 있던 쿠츠시타를 팔로 끌어안고 머리 위에 있는 그림 리퍼를 보면서 날아드는 사슬 달린 낫을 필사적으로 피했다.

"어떻게든 움직임을 막아야지──《궁기 · 단발꿰기》!"

『카카카캇──.』

머리 위를 노려보면서 아츠로 화살을 날렸지만 가볍게 피해버렸다.

"화살도 느린가…… 아니, 으앗!"

그리고 멈춰선 내게 사슬 달린 낫이 날아들었기에 나도

모르게 얼굴을 감싸려는 듯이 두 팔을 교차시켰지만, 사슬 달린 낫에 베이는 아픔을 느끼지는 않았다.

『뀨우!』

"그렇구나, 자쿠로가 지켜줬구나."

눈을 살짝 떠보니 빙의한 자쿠로의 꼬리가 [자동 방어]로 사슬 달린 낫을 잡아 공격을 막아내 주었다.

그리고 그림 리퍼는 우리를 힐끗 보고는 팔을 당겨 사슬 달린 낫을 거둔 뒤 자쿠로의 꼬리에 잡혀 있던 사슬 달린 낫을 끌어당겼다.

"이대로 가다간 끝이 없어! 다들 괜찮아?"

"나는 괜찮아! 윤하고 클로드 군은?"

"나는 자쿠로가 지켜줘서 괜찮아!"

"나는 쿠츠시타를 지키다 보니 너덜너덜해졌다!"

자쿠로가 지켜준 나와는 대조적으로 클로드는 쿠츠시타를 지키기 위해 어깨와 등에 사슬 달린 낫에 맞았는지 대미지를 입은 상태였다.

오른손으로 긴 지팡이, 왼손으로 쿠츠시타를 안고 있었기에 포션을 사용할 틈도 없어서 곧바로 세이 누나가 대기시켜둔 회복마법을 사용해 클로드를 회복시켰다.

"자, 남은 HP는 3할에, 상대방은 온 힘을 다하는군. 견적을 너무 어설프게 냈나?"

그렇게 중얼거리는 미카즈치.

쓰러뜨리지 못할 상대는 아니지만 클로드의 중력구로 걸

었던 행동 저해 효과가 사라져서 상대방이 자유롭게 움직이기 시작했다.

그리고 전위인 미카즈치에게만 공격을 집중하고 있었는데, 이제는 자유롭게 움직이며 분산시키기 시작했다.

『카카카캇──!』

"역시 약한 쪽부터 노리는군! 다른 MOB과는 행동 루틴이 다른 건가!"

위쪽 벽에 사슬 달린 낫을 꽂고 그것으로 몸을 지탱하며 이쪽을 내려다보는 그림 리퍼는 클로드 근처에 사슬 달린 낫을 날린 뒤 사슬을 휘감아 고속으로 접근했다.

그리고 클로드 곁에 내려선 그림 리퍼는 대낫으로 클로드와 안아 들고 있던 쿠츠시타를 두 동강 내려고 휘둘렀지만──.

"──《아이스 월》!"

지면에 내려선 그림 리퍼와 클로드 사이에 두꺼운 얼음벽이 솟구쳤다.

얼음벽에 대낫이 박혀서 클로드와 쿠츠시타를 지켜냈다.

"미안하다!"

"한눈팔지 마! 네 상대는 나다!"

클로드는 뒤로 물러나며 얼음벽 너머에 있는 그림 리퍼에게서 거리를 두었고, 그림 리퍼는 얼음벽에 파고든 대낫을 뽑아내느라 시간을 허비하는 와중에 뒤쪽에서 미카즈치가 사나운 미소를 지으면서 덤벼들었다.

『카카캇──!』

그림 리퍼는 대낫을 뽑아 드는 기세를 살려 반 바퀴 회전한 다음 미카즈치의 일격을 튕겨내고 사슬 달린 낫을 벽에 박아 넣은 뒤 고속으로 높은 곳까지 이탈했다.

『카카카카카캇!』

비웃는 듯한 소리를 내는 그림 리퍼를 우리가 노려보는 듯이 올려다보았다.

"HP는 이제 3할. 게다가 게다가 후위 쪽을 적극적으로 노리는군."

히트 앤드 어웨이 전법을 사용하는 나는 이렇게 당하는 입장이 되어보니 은근히 짜증이 났다.

그리고 다음에 습격한 상대는——.

"세이 누나구나!"

"——《워터 라운드》!"

수많은 원형 물방패를 만들어내 차례차례 날아드는 사슬 달린 낫을 막아내는 세이 누나.

하지만 세이 누나 뒤쪽 바닥에 사슬 달린 낫이 하나 꽂혔고, 그곳으로 파고드는 궤도를 타고 그림 리퍼가 이동했다.

힐러 역할을 맡아서 회복마법을 [지연] 스킬로 항상 마련해두고 있었기에 그림 리퍼의 공격을 막을 마법을 전개할 수가 없었다.

"윽?! ——《그람 소드》!"

세이 누나는 곧바로 지팡이에 물의 칼날을 만들어내 지근거리에서 공방을 주고받기 시작했지만 원래 후위 마법사이기 때문에 금방 밀려버렸다.

"으윽, 꺄악?!"

대낫을 휘두르는 일격을 지팡이 자루로 막아내며 뒤쪽으로 크게 뛰어 기세를 죽였다.

그때 대기시켜둔 회복마법을 사용해 입은 대미지를 회복시켰다.

"세이 누나! 추격타를 날리게 두진 않겠어! ——《숏 봄》!"

나는 세이 누나에게 추격타를 날리지 못하게끔 그림 리퍼에게 화살을 날렸고, 피한 곳으로 《숏 봄》을 좌표 발동시켜 착지한 곳을 노렸다.

스스로 뛰어드는 형태로 폭발 안으로 돌진한 뒤 빠져나온 그림 리퍼는 약간 대미지를 입었다.

그리고 폭발에서 벗어난 직후 내 쪽으로 방향을 전환해 다가왔다.

"좋았어, 이쪽으로 온다!"

맹렬하게 방향을 전환하는 것과 동시에 날린 사슬 달린 낫을 자쿠로의 꼬리가 튕겨냈다.

하지만 다 막아내지 못한 사슬 달린 낫이 내 허벅지와 옆구리를 스쳤다.

그 공격으로 인해 [대신하는 보옥 반지]가 대신 대미지를 입었고, 한 번 공격 당할 때마다 보석에 금이 간 뒤 그림 리퍼가 바로 앞까지 다가왔을 때는 보석이 부서져버렸다.

『카캇!』

"——《스톤 월》!"

그림 리퍼와 나 사이에 돌벽을 만들어냈다.

서로 시야가 가려지는 와중에 그림 리퍼는 기세를 살려 대낫을 휘둘러서 돌벽을 단숨에 잘라냈다.

하지만 이미 그 건너편에는 내가 없었다.

(위험했네……)

(뀨우~.)

돌벽을 만들어낸 직후, 은밀 스킬인 《섀도우 다이브》로 돌벽 그림자에 들어간 직후, 머리 위를 대낫이 지나가는 것이 보였다.

그 날카로운 일격을 보고 자쿠로와 함께 식은땀을 흘리면서 돌벽 그림자에서 그림 리퍼의 그림자로 옮겨갔다.

그리고——.

"이제야, 잡았다."

《섀도우 다이브》로 급하게 피한 뒤, 나는 그림자를 타고 그림 리퍼의 뒤로 돌아가 상반신만 그림자 밖으로 모습을 드러내고는 빙의한 자쿠로의 꼬리 세 개를 사용해 녀석을 붙잡았다.

세 개의 꼬리가 각각 사슬 달린 낫을 날리던 오른팔과 대낫을 들고 있는 왼팔, 그리고 목에 감겨서 억눌렀다.

"이 거리에서는 빗나가지 않겠지! ——《궁기·갑옷 뚫기》!"

지근거리에서 날리는 활 계열 아츠.

그 효과는 방어 무시 관통공격과 물리 방어력 저하다.

그리고 그림 리퍼의 몸에 감겨 있던 자쿠로의 꼬리에 여우불이 타올라 그림 리퍼의 몸을 태우기 시작했다.

지근거리에서 날린 강렬한 일격과 조금씩 태워가는 여우불의 지속 대미지로 인해 HP가 2할 정도로 떨어진 와중에 그림 리퍼가 구속 상태에서 벗어나려고 팔과 목에 힘을 주었다.

"윤이 만든 기회를 날리진 않겠어. ——《아이시클 락》!"

"그대로 계속 움직이지 못하게 막아라! ——《그래비티 포인트》!"

세이 누나가 그림 리퍼의 양쪽 다리를 얼리고 지면에 못을 박자 클로드가 행동을 저해하는 중력구를 날렸다.

그리고 그림 리퍼의 정면으로 파고든 미카즈치는——.

"온 힘을 다해 간다——《다단격》,《육연선타》!"

정확하게 그림 리퍼의 얼굴에 연속 찌르기를 날리자 그 충격이 억누르고 있던 자쿠로의 꼬리를 타고 내 몸에 울렸다.

"하아아아아앗! 이제 쓰러져라아아아아아아!"

얼굴에 연속 찌르기를 맞고 페스트 마스크가 너덜너덜해진 채 벗겨져서 떨어졌다.

그 안쪽으로 보이는 해골 머리 부분을 노리고 미카즈치가 육각곤을 내리쳤다.

"이런——."

자칫하다가는 그 충격에 휘말리겠다고 느낀 나는 자쿠로

꼬리를 풀고 다시 발치의 그림자 안으로 파고들어 아공간으로 피했다.

그 직후, 머리 위에 폭음이 울려 퍼졌다. 텍스쳐 건너편에서 그림 리퍼의 머리가 억지로 바닥에 짓눌린 상태였다.

내려친 일격이 격돌한 바닥에는 방사형 균열이 퍼져나갔고, 금이 간 텍스쳐 너머로 그림 리퍼와 눈이 마주친 것 같았다.

『카캇──.』

그렇게 특이한 목소리를 내는 것과 동시에 HP를 잃고 빛의 입자로 변해 사라지는 그림 리퍼.

그러자 《새도우 다이브》로 그림 리퍼의 그림자에 피해 있었던 나도 숨을 곳을 잃고 떠밀려 나오는 듯이 모습을 드러냈다.

"……휴우, 끝났다아~."

『큐우!』

"자쿠로도 고생했어. 열심히 싸웠구나."

전투가 끝나자 빙의를 해제한 자쿠로가 내 눈앞에 펑, 나타났기에 끌어안았다.

그리고 그림 리퍼와 전투를 마치고 힘이 빠진 나는 금이 간 바닥에 주저앉았고, 세이 누나와 클로드가 달려왔다.

"해냈어! 윤! 나, 레어 드롭 아이템 얻었어! 그런데 2개가 겹쳐버렸어~!"

"오~, 세이 누나, 축하해! 그런데 2개라니?"

신기하게도 물욕 센서에 걸리지 않고 원하던 유니크 무기를 얻은 모양이다.

실제로 유니크 무기인 [탈명인 데스사이즈]를 두 개나 꺼내 보이는 세이 누나.

나도 메뉴를 띄워 그림 리퍼의 드롭 아이템을 확인해보니 아이템이 두 개 드롭되었다.

"어라? 왜 아이템이 2개 있는 거야? 보통 하나지?"

"아, 그건 쿠츠시타의 지원효과야. 레어 드롭 확률 상승, 그리고 드롭 판정 횟수 증가."

"정말! 쿠츠시타, 고마워~!"

그렇게 말하고 클로드 어깨 위에 있던 쿠츠시타를 끌어안은 뒤 마구 쓰다듬는 세이 누나.

그런 세이 누나의 반응을 보고 싫지는 않은지 얌전히 쓰다듬게 해주고 있었다.

"정말이야? 나는 드롭 판정 횟수가 늘어나지 않았으니까 확률 문제겠네. 게다가 일반 드롭, 운이 안 좋은데."

"안심해라 나도 일반 드롭 1개다."

"아가씨는 어때?"

미카즈치와 클로드가 드롭 불행 자랑을 하다가 내게 화제가 넘어왔다.

"나, 나는—— [수호령의 자수정 (대)]하고 [퇴병반주의 향주머니]야."

"아~, 그림 리퍼의 약간 희귀한 드롭 아이템이네. 양쪽

다 나쁘지는 않잖아?"

[수호령의 자수정]은 언데드 계열 MOB이 매우 희귀하게 드롭하는 공통 레어 드롭 아이템이고 강한 MOB일수록 사이즈가 크기 때문에 그림 리퍼가 얼마나 강한지 알 수 있다.

예전에 에밀리 양 일행하고 우연히 부활시켰던 워터 드래곤 좀비가 드롭했을 때는 중간 크기였기 때문에 [연금] 센스 스킬로 환산하면 10배 정도 강하다고 할 수 있을 것이다.

"보석 쪽은 액세서리에 쓸까? 일반적인 보석보다 스테이터스 보정이 높으니까. 나머지 하나는—— 유니크 액세서리인가?"

퇴병반주의 향주머니 [장식품] (중량:1)
추가효과 : 신체내성 (소), 정신내성 (소)

복합적인 상태이상 내성 액세서리다. 스테이터스 보정이 없고 내성 효과도 약하지만 적용 범위가 넓어서 범용성이 강하다.

"……그런데 왜 향주머니지?"

[사신 그림 리퍼]가 언데드니까 [수호령의 자수정]을 드롭한 건 이해가 된다.

그런데 왜 향주머니를 드롭했는지 알 수가 없었기에 실제로 인벤토리에서 꺼낸 뒤 냄새를 맡아보니 의외로 좋은 향기가 났다.

"아, 그건 페스트 마스크의 부리 부분에 향이 강한 것들을 채우곤 했던 게 유래겠지."

"호오, 그렇구나."

나는 그렇게 납득하면서 향주머니를 넣은 뒤 전투를 벌였던 곳을 바라보았다.

"으엑, 너덜너덜해졌네."

그림 리퍼가 사슬 달린 낫을 꽂고 고속으로 이동하면서 벽 여러 군데에 구멍이 뚫려 있었고, 바닥에는 미카즈치가 내리쳐서 갈라진 곳이나 그림 리퍼의 대낫이 가른 흔적이 남아 있었다.

이렇게 파괴된 흔적은 시간이 지나면 자연스럽게 회복되긴 하지만, 다른 플레이어들이 보면 깜짝 놀랄 것 같다는 생각이 들었다.

"자, 갈까?"

"어? 간다니, 어디?"

"벌써 잊었어? 그림 리퍼를 쓰러뜨린 다음에 드워프의 나라까지 데려다준다고 했잖아."

그렇게 말한 뒤 즐겁게 웃은 미카즈치는 그 방에서 최단 거리로 드워프 나라에 갈 수 있는 14번 코스와 21번 코스를 나아갔다.

4장   드워프의 나라와 증류주

나와 클로드는 세이 누나와 미카즈치의 안내를 받으며 드워프의 나라를 향해 갔다.

14번 코스의 수몰 운동 경기장에서는 세이 누나가 만들어 낸 얼음 발판을 타고 갔다.

21번 코스는 무중력 운동 경기장이었고, 통로 사이를 거대한 지구본을 본떠 만든 구체와 평평한 발판 같은 바위가 오가고 부딪히는 장애물이 있었다.

그 구체와 바위를 발판 삼아 조금씩 나아가던 와중에 미카즈치는 익숙한 듯이 차례차례 발판을 박차며 나아갔다.

"오~, 무중력. 왠지 재미있네."

몸이 둥실둥실 떠오르자 잠시 무중력에 몸을 맡겼다.

균형을 잡는 법은 [등산] 센스를 연습할 때 하네스를 장착하고 매달렸을 때 경험이 도움이 되는지 금방 요령을 익혔다.

사역 MOB인 자쿠로와 쿠츠시타는 무중력 상태를 처음 경험해서 그런지 발을 버둥거리면서 제자리에서 빙글빙글 돌기 시작했다.

『큐우, 큐우우~.』

『우냐아아~.』

"하하하, 즐거워 보이네."

자쿠로와 쿠츠시타를 보고 웃은 클로드는 그림 리퍼에게 사용했던 행동 저해 마법인《그래비티 포인트》를 자신에게 사용한 뒤 무중력 통로인 지면을 저벅저벅 걸어가 쿠츠시타를 잡은 뒤 미카즈치를 따라갔다.

　"아가씨하고 클로드도 어서 와! 그리고 실수로 오브젝트 사이에 끼어서 죽어 돌아가지 말라고."

　"자, 윤, 가자."

　세이 누나는 수속성 마법을 약하게 사용해서 그 반동으로 무중력 통로를 나아갔다.

　"알았어. 자쿠로는 나를 잡아."

　그렇게 말하며 한쪽 팔을 내밀자 자쿠로가 꼬리 세 개를 팔에 감으며 달라붙었다.

　"좋아, 자쿠로가 확실히 달라붙었구나. ──《키네시스》."

　[염동] 센스 마법은 가벼운 것만 움직일 수 있고 성능도 그렇게 좋진 않다.

　평소에는 높은 곳에서 떨어질 때 낙하 대미지를 경감시키는데 사용하거나 조금 떨어진 곳에 있는 물건을 끌어당길 때 사용하는 수수한 마법이다.

　하지만 이 무중력 통로에서는 이동하는데 추진력으로 사용할 수 있기에 세이 누나와 미카즈치, 자신에게 중력을 가해 바닥을 걸어가는 클로드 뒤를 천천히 쫓아갔다.

　그러던 도중에──.

　"윤, 눈앞에 걸리적거리는 게 있으니까 피해서 가자."

"음~. 움직일 수는 없어?"

커다란 구체가 우리 앞을 가로막으려는 듯이 돌고 있었다.

"파괴 가능 오브젝트니까 부술 수는 있지만 부순 파편이 무중력 통로를 날아다니면서 달려드니까 피하는 게 무난하겠지."

"음~. 아, 그래도 《키네시스》로 움직일 수 있을 것 같은데?"

미카즈치가 한 말을 듣고 납득하긴 했지만, 문득 시험해 보고 싶은 생각이 들었다.

나는 눈앞에 있는 커다란 구체를 대상으로 삼고 《키네시스》를 발동시켰다.

멀리 밀어내는 듯이 힘을 가하자 오히려 내가 멀리 밀려났고, 끌어당겨서 치우려 하자 오히려 내가 당겨졌다.

보아하니 《키네시스》를 사용하면 질량 차이 때문에 가벼운 내가 간단히 밀려나 보리는 것 같다.

"아하하, 뭐하는 거야."

"아니, 잠깐 시험해본 것뿐이라고."

미카즈치가 웃자 창피한 마음에 고개를 돌리고 그렇게 변명했다.

그래도 무중력 상태에서 자신보다 질량이 큰 것들을 끌어당기면 내가 당겨진다는 것을 이용하여 벽과 천장, 나보다 커다란 오브젝트에 《키네시스》를 발동시켜서 나아갔다.

헤엄치는 듯이 쭉쭉 나아가는 나를 보고 세이 누나와 미카즈치가 감탄하는 와중에 21번 코스를 지나 거대한 철문

앞에 도착했다.

"자, 이 운동 경기장의 종점인 방이야. 그리고 그 너머에 드워프의 나라가 있지."

미카즈치의 안내를 받으며 그림 리퍼 때문에 사람이 없는 방을 지나 내리막길 동굴을 쭉쭉 나아갔다.

그리고 내가 본 것은――.

"우와…… 드워프의 나라는 이런 식으로 되어있구나."

그곳에는 역 피라미드 모양으로 뚫려 있는 지하 공간이 펼쳐져 있었다.

천장은 돔 모양이었고 매끈하게 갈고 닦은 암반에 조명이 설치되어 있어서 돔 모양의 암반에 빛이 반사되어 지하인데도 불구하고 꽤 밝았다.

점점 가운데로 모여드는 듯이 만들어진 돌계단과 길에는 각각 인접해 있는 벽을 뚫고 안에 주거 공간이 마련되어 있었다.

그리고 가장 아래쪽에 사각으로 만들어진 공간에는 가운데에 있는 포탈을 둘러싸는 듯이 NPC들의 시장이 있었고, 그곳에서는 아이템을 팔고 있었다.

그리고 무엇보다 눈길을 끄는 것은――.

"드워프…… 저게 드워프구나."

성인 남성 드워프는 내 가슴 정도 오는 키에 팔다리가 다 부지고 수염이 난 자그마한 아저씨였다.

그 아저씨 드워프들은 해머와 피켈 등을 들고 있었고, 이

지하 암굴도시 곳곳에서는 금속을 때리는 소리가 들렸다.

아이나 여성 드워프는 성인 드워프보다 더 작고 수염도 나지 않았다. 그리고 갈색 피부가 인상적이었다.

그런 드워프의 나라에서 드워프보다 더 눈에 띄는 존재도 있었다.

"기계장치 마도인형…… 그렇구나. 드워프의 나라에서 온 거였구나."

체격이 작은 드워프들을 따라 장을 보거나 일을 돕는 남성 타입 기계장치 마도인형들. 여성 타입 기계장치 마도인형은 가게를 보고 있었다.

이 드워프의 나라 위쪽에는 황야 에리어가 펼쳐져 있다.

기계장치 마도인형의 파츠를 채굴할 수 있는 황야 에리어와의 위치 관계를 따져보면 이상하지는 않을 것 같다.

"여기가 드워프의 나라로군. 바로 포탈을 개통할까."

미카즈치의 안내를 받고 여운 같은 것도 느끼지 않는지 그렇게 중얼거린 클로드는 돌계단을 내려가 시장 가운데에 있는 포탈로 갔다.

그렇게 이동하던 도중에 나는 NPC 노점을 흥미롭게 보았고, 드워프들이 만든 아다만타이트제 무기와 방어구, 이 지하 깊은 곳에서 발굴된 골동품들을 보고 소리내어 감탄했다. 미카즈치는 중간에 노점에서 술과 안주를 사다가 세이 누나에게 혼나기도 했다.

그렇게 드워프와 기계장치 마도인형의 노점을 지나 포탈

이 있는 곳에 도착했다.

포탈에 손을 대고 새로운 전이장소를 등록한 나와 클로드는 이번 골든 위크의 대규모 원정 목적 중 하나를 달성할 수 있었다.

"휴우, 진짜 드워프의 나라로 올 수 있었네."

"후후, 윤, 고생했어. 이제 어떻게 할래? 내가 이곳을 안내해줄까?"

세이 누나가 한 말을 듣고 나와 클로드는 얼굴을 마주 보며 고개를 끄덕였다.

"음~. 부탁하고 싶긴 한데, 역시 스스로 재미있어 보이는 곳을 찾는 게 더 기대되니까 사양할게."

"으음. 나도 스스로 찾기로 하지."

그렇게 말하자 미카즈치는 아쉽다는 듯이 어깨를 으쓱였다.

"그럼 나는 들르고 싶은 곳이 있는데, 너희도 올래?"

"들르고 싶은 곳?"

"그래, 발굴상이라는 가게가 있어."

드워프의 나라를 안내해주겠다는 제안은 거절했지만 발굴상에는 흥미가 있었기에 우리는 미카즈치와 세이 누나를 따라갔다.

세이 누나는 길을 알아보기 힘든 암굴도시에서 헤매지도 않고 걸어간 뒤 보물 상자에 피켈과 삽을 교차시킨 돌 간판이 걸려 있는 가게로 들어갔다.

"어서 오시게. 여기는 발굴상이야!"

"안녕하세요. 뭔가 좋은 거 발굴되었나요?"

목소리가 특이한 드워프 NPC에게 세이 누나가 돌로 만든 신표(信標)를 건넸다.

"48시간 발굴 코스 신표구만. 결과물은 이거라네!"

그는 그렇게 말하고 내용물이 들어 있는 커다란 바구니를 두꺼운 팔로 가볍게 들고 와서 카운터에 올려놓은 뒤 세이 누나에게 건넸다.

"세이 누나, 이건 뭐야?"

"발굴상이야. 코스마다 이 드워프의 나라 지하 채굴장에서 파낸 아이템을 주거든."

"그렇다네. 필요 없는 아이템은 옆에 있는 마누라의 카운터에서 사들이고 있지."

"호오~."

그렇게 말하면서 세이 누나가 의뢰한 채굴품 바구니를 들여다보았는데…….

"부러진 검하고 광석……."

"으윽, 모처럼 20만 G짜리 48시간 코스를 골랐는데……."

아무리 봐도 본전도 못 건진 것 같다.

좀 전에 그림 리퍼에게서 유니크 무기를 2개나 얻은 반동인지 물욕 센서가 작동해서 노린 아이템을 얻지 못한 것 같다.

"그런데 세이 누나는 뭘 가지고 싶었어?"

"[기각마장 클리포트]라는 유니크 무기. 뭐…… 항상 잡동사니만 나오긴 하지만."

먼 곳을 바라보는 세이 누나를 보니 지금까지 이 발굴상에 돈을 얼마나 쏟아부었는지 약간 걱정이 되었다.

그런 한편 클로드도 몰래 48시간 코스를 구입하고 있었다.

"으음. 로망을 샀다고 생각하면 싼 거지! 하하하!"

『우냐!』

팔짱을 끼고 크게 웃는 클로드의 볼을 쿠츠시타가 시끄럽다는 듯이 발바닥으로 밀어내고 있었다.

그리고 세이 누나는——.

"자금은 있으니까 계속할 수는 있지만…… 음~. 팔아도 푼돈밖에 안 되는 잡동사니하고 광석은 어떻게 할까."

그렇게 말하면서 녹이 슬거나 부러진 무기와 광석을 바라보는 세이 누나.

"그럼 내가 살까? 무기나 광석은 녹여서 주괴로 만들 수도 있어."

"정말? 그럼 부탁할—— 아, 아아아아앗?!"

그렇게 말하면서 메뉴를 띄워 넣어두었던 잡동사니를 확인하던 세이 누나가 갑자기 큰 소리를 지르며 깜짝 놀랐다.

그 목소리를 듣고 미카즈치와 클로드가 무슨 일인가 하면서 돌아보았고, 어깨를 늘어뜨리며 풀죽어 있는 세이 누나를 보았다.

"윤……. 윤이 예전에 선물해준 액세서리가 망가졌어."

세이 누나가 손을 들어 올리며 보여주었고, 예전에 선물했던 액세서리 [청과 은의 미스틱링]에 금이 크게 가 있었다.

"뭐야, 그런 거였어……."

"그런 거라니! 윤이 선물해준 소중한 반지야! 분명 그림 리퍼와 공방을 주고받았을 때 부서졌겠지."

미카즈치가 한 말을 듣고 세이 누나가 따진 다음 다시 어깨를 늘어뜨렸기에 위로하려고 말을 걸었다.

"그 정도라면 다시 수리해서 내구도를 회복시키면 원래대로 돌아와."

"……정말?"

"그래, 아마 블루라이트 광석을 사용해서 만들었을 텐데, 소재를 블루라이트 광석하고 미스릴 광석 합금으로 바꾸면 성능을 업그레이드할 수도 있을 거야."

그 이야기를 듣고 어깨를 늘어뜨리고 있던 세이 누나가 안심했다.

"수리할 거면 [아트리엘]의 공방에서도 강화할 수 있으니 부서진 액세서리는 내가 맡아둘게."

"응, 윤, 부탁할게."

그렇게 말한 뒤 부서진 액세서리와 함께 잡동사니 같은 것들도 받았다.

그때——.

"그렇지. 내 액세서리의 내구도도 바닥났으니깐, 같이 만들었던 뮤의 액세서리도."

"그렇겠네. 같은 시기에 만들었으니 슬슬 부서졌을지도 모르겠네. 그리고 그전에도 타쿠에게 액세서리를 줬었지······."

뮤우에게는 [스노우화이트 팔찌]라는 구슬 액세서리 팔찌를 주었고, 타쿠에게는 [흑의 가드링]이라는 흑철제 반지를 주었다.

타쿠의 액세서리에는 [내구도 향상] 추가효과가 있기에 좀처럼 부서지지 않지만 그래도 계속 사용하다 보면 내구도가 줄어든다.

양쪽 다 레벨이 오른 내 [조금] 센스로 수리하고 업그레이드할 수 있다.

"일단 메시지를 보내둘까."

시간이 나면 예전에 선물했던 액세서리 상태를 확인하고 싶다는 내용을 전했다.

그때 카운터 너머에 있던 발굴상 드워프 NPC가 말을 걸었다.

"어라, 거기 있는 아가씨는 우리처럼 대장장이 일도 하시나?"

"응? 일단 [세공] 센스로 액세서리를 만드는 정도?"

"그럼 우리 왕인 도베를 만나러 가시게. 그 사람은 대장장이의 왕이야. 금속을 다루는 사람은 다들 그 사람에게 인사를 하러 한 번씩은 간다고."

발굴상 드워프 NPC가 내게 조언을 해주었는데, 도베라는 게 누구지? 미카즈치를 보며 그렇게 물었다.

"아~, 드워프의 나라 설정으로는 가장 금속을 잘 다루는 사람이 국왕을 맡는다는 것 같아."

"그리고 지금 왕이 그 도베라는 드워프 NPC야."

"그리고 보니 우리는 [대장]이나 [세공] 계열 센스가 없어서 그런 조언을 듣지 못했는데. 가볼까."

미카즈치는 그렇게 말하며 씨익 웃었다. 하긴, 대장장이의 왕, 도베라는 드워프 NPC가 신경 쓰이긴 했다.

"그 드워프의 왕이라는 사람은 어디 있어?"

"이 나라에서 가장 높은 대장간이 도베의 공방이야."

발굴상 드워프가 역피라미드 건너편 위쪽을 손가락으로 가리키면서 저 근처에 있는 드워프에게 물어보면 알 거라고 가르쳐 주었다.

"뭐, 일단 가볼까."

나는 그렇게 중얼거리면서 드워프의 왕, 도베의 대장간을 향해 출발했다.

●

우리는 딱히 헤매지도 않고 도베의 대장간에 도착했다.

내가 선두에 서서 대장간 문을 열자 그곳은 평범한 카운터가 있는 가게 같아 보였다.

안쪽 공방에서 금속을 두들기는 소리와 열기가 살짝 새어 나왔기에 대장간이라는 것을 알 수 있었다.

그리고 카운터에서 따분하다는 듯이 턱을 괴고 앉아 있던 드워프 소녀가 표정이 확 밝아진 뒤 우리에게 말을 걸었다.

"어서 오세요! 드워프의 나라에서 제일가는 대장장이 도베의 공방에 오신 것을 환영합니다!"

그렇게 말하면서 인사하는 드워프 소녀를 보고 조금 훈훈해하면서 용건을 말했다.

"저기, 발굴상 드워프가 이곳으로 가라고 해서 왔어. 일단 [조금] 센스를 가지고 있고."

"아~, 지상의 기술자가 인사하러 왔구나. 잠깐만 기다려."

드워프 소녀가 그렇게 말한 뒤 안쪽을 향해 아빠! 손님!이라고 말을 걸었다.

그러자 금속을 두들기던 소리가 멎었고, 안쪽에서 한 드워프가 모습을 드러냈다.

"내가 드워프의 왕인 도베. 이 암굴도시에서 제일가는 대장장이다. 그런데 바깥 세계 인간이 무슨 일이지?"

다른 드워프 NPC와 비교하면 체격이 좋긴 하지만 그래도 나보다 머리 하나 정도는 작은 드워프 아저씨를 보고 또 조금 훈훈해하면서 말을 걸었다.

"발굴상 드워프가 여기에 와보라고 권해주길래."

"흐음. 그럼 동업자인가? 손하고 도구를 보여주겠나?"

"이렇게 하면 돼?"

나는 그렇게 말한 다음 인벤토리에서 애용하는 흑철제 망치와 손바닥을 보여주었다.

내 손을 주무르는 듯이 만지고 흑철제 망치를 확인한 도베는 납득했다는 듯이 고개를 끄덕였다.

"뭐, 합격이로군. 미스릴 정도라면 바깥 세계의 화로로도 가공할 수 있겠지."

"저기, 그럼······."

"나를 따라오도록."

그렇게 우리는 도베의 안내를 받고 안쪽 공방으로 들어갔다.

그리고 안쪽 공방에서는 작업을 돕고 있던 기계장치 마도인형이 광석과 상품을 나르고 있었는데 그중에는──.

"앗, 아다만타이트 광석하고 그걸 사용한 무기네."

"마기가 고전하고 있다던 그거로군. 최근에야 겨우 조금씩 성공하는 모양이던데."

[아다만타이트 광석]은 마기 씨가 현재 도전하고 있는 광석 중 하나다.

하지만 레벨을 올려서 몇 번이나 도전하며 익숙해진 뒤 주괴로 만들 수 있게 되었지만 그럼에도 불구하고 성공 확률은 2할도 안 된다고 한다.

나와 클로드가 그렇게 이야기를 나누고 있자니 도베가 끼어들었다.

"지상에서 사용하는 마법로는 우리 같은 드워프가 사용하는 화로와 비교하면 뒤떨어지지. 그런 설비로 아다만타이

트 광석을 주괴로 만드는 건 힘들게다. 그 기술자는 우수한 모양이로군."

도베가 이쪽을 보지도 않고 그렇게 말하는 것을 들으니 마기 씨가 칭찬받은 것 같아 마치 내가 칭찬받은 것처럼 기뻤다.

"자, 그대들이 사용하는 마법로는 [아다만다이트 광석]이나 그보다 더 단단하고 열에 강한 광석을 가공하기가 힘들다! 그래서 우리 같은 드워프는 이 [마도로]를 쓰지!"

그렇게 안내받은 곳은 가로로 다섯 개 늘어서 있는 대장장이용 화로였다.

[아트리엘]에 도입한 마법로보다 한층 더 커다란 중간 규모 설치형 설비.

결정 형태인 곳에 손을 대고 MP를 축적시킨 뒤 그 힘을 화력으로 만드는데, 그 화력 최대치가 마법로보다 높고 화로 안에 있는 불꽃의 색깔이 푸르스름하고 안정적이었다.

하지만 그만큼 열기 때문에 방 전체가 더웠다.

"대단하네…… 이게 상위 화로구나."

"그렇다. 드워프의 기술을 보여주기 위해 이것이 존재하는 게지."

"……좋겠네. 이 마도로를 [아트리엘]에 두고 싶어."

[아트리엘]의 공방에 마법로를 도입했을 때는 벽돌 장인 NPC의 퀘스트를 받아서 구입하고 설치할 수 있었다.

나는 기대에 가득찬 눈초리로 드워프의 왕, 도베를 보

았다.

"이 설비라면 언제 쓰더라도 상관없다."

"정말이야? 이 정도의 화력이라면 금속을 가공하는 것도 쉬워질 테고, [모래 결정]을 녹이는 것도 빨라지겠네!"

"단! 마도로는 출력이 큰 화로다. 그 열기를 근처에서 쬐는 것이 얼마나 위험한지 알고 있는가?"

노려보는 듯이 나를 바라보는 도베를 보고 나는 침을 꿀꺽 삼키며 고개를 끄덕였다.

고열을 뿜어내는 마법로도 난이도가 높은 금속을 가공할 때는 화로의 한계 근처까지 온도를 높여서 작업한다.

그럴 때 뿜어져 나오는 열기는 [열기 대미지]로 플레이어의 HP를 조금씩 깎기 때문에 그보다 상위인 마도로의 대미지량이 얼마나 큰지 알 수가 없다.

그래서 갑자기 마도로를 도입하는 것이 아니라 일단 시험 삼아 써보기 위해 이곳이 있는 것 같다.

그런 다음 사용감을 이해한 뒤에 구입하고 설치하는 순서일 것이다.

"알았어. 우선 [내열 효과]가 있는 걸 마련해둘게."

"흐음. 현명하군."

도베는 코웃음치며 노려보던 눈초리를 거두었다.

그런 다음 내가 세이 누나와 미카즈치를 돌아보니 두 사람은 이 마도로가 나란히 놓여 있는 방의 열기를 식히기 위해서 손으로 부채질을 하며 견디고 있었다.

"덥다. 그래도 이 화로는 우리 길드 대장장이들도 욕심내겠지."

"그래. 마도로의 입수방법만이라도 물어볼까?"

도베가 그런 이야기를 하고 있던 세이 누나와 미카즈치를 보았다.

"뭐야. 대장장이도 아니면서 마도로를 욕심내는 게냐?"

"그래, 우리 길드 생산직들을 위해서 마련하고 싶은데."

"마도로 설치는 드워프의 왕인 내 허가를 받아야 한다. 내가 인정하도록 노력해보시지."

그리고 우리 알림창에 새로운 퀘스트가 뜬 것이 보였다.

——[퀘스트 : 드워프의 대장장이 왕에게 바치는 공물]
드워프와 우호를 다지는 증표로서 공물을 마련하라. ——우호
도 (0/300)

"우호도를 채우는 퀘스트구나. 그런데 공물을 마련하라니…… 애초에 이거 뇌물 아냐?"

"그럴 리가 있나. 이런 공물은 기술을 가르쳐주는데 따른 당연한 대가다."

수염을 쓰다듬으며 대답하는 도베를 보고 납득한 뒤 세이 누나와 다른 사람들을 둘러보았다.

"그런데 드워프에게 줄 공물이 뭐가 있을까? 역시 희귀한 금속인가?"

"그리고 이곳은 지하니까 지상의 희귀한 물건 같은 건 어떨까? 그리고 편리한 아이템이라든지."

"편리한 아이템이라. 그렇다면 대장장이 일을 하니까 내화 그림이나 [내열 효과]를 부여하는 쿨 드링크 같은 게 좋겠네."

화속성 소재를 섞어서 일시적으로 내화 효과를 부여하는 [속성 연고]나 하쿠가의 잎을 사용한 쿨 드링크를 수십 개 꺼내서 근처 테이블에 놓고 도베에게 건넸다.

"이건 어때?"

"음~? 호오, 불을 막는 연고와 열기를 식히는 음료인가? 열기를 식히는 재료를 차가운 술과 탄산에 섞으면 시원하고 맛있는 술이 되지."

『──[내화 크림] 양도 : 10Pt, [쿨 드링크] 양도 : 10Pt 추가. 나머지 20/300.』

"아, 받아주는구나."

"우리 필수품이니까. 그래도 곧바로 필요한 것도 아니니 연달아 주면 곤란하다만."

"흐음. 같은 아이템을 연속으로 주면서 우호도를 올리려 해도 소용이 없거나 오히려 떨어진다는 뜻이로군. 그럼 이런 건 어떤가?"

다음으로 클로드가 꺼낸 것은 [콤네스티 카페 양복점]에서 파티셰인 피오르 씨가 만든 초콜릿 과자였다.

한입 크기에 장식이 들어간 초콜릿이 상자에 깔끔하게 담겨 있었다.

"호오. 이거 참 예쁜 과자로군. 호오오~, 까맣고 달콤해. 그리고 약간이나마 주정이 들어가 있는 겐가?"

『──[초콜릿 과자]의 양도 : 30Pt. 나머지 50/300.』

"설마, 내 내열 아이템이 클로드가 꺼낸 과자에게 질 줄이야…….."

나는 그렇게 중얼거리면서 기뻐하며 초콜릿을 먹고 있는 드워프 왕을 보았다.

그 모습을 보고 포인트로는 졌지만 그렇게 기뻐하는 자그마한 아저씨 모습을 보니 이제 뭐든 상관이 없을 것 같았다.

내가 준 속성 연고나 쿨 드링크는 일용품 같은 느낌이다.

그에 비해 초콜릿은 기호품이기 때문에 반응에 큰 차이를 보이는 것 같다.

"그럼 뭘 주면 호감도가 오를까?"

"드워프니까 술 아닐까? 쿨 드링크 소재하고 술, 탄산으로 시원한 술을 만들 수 있다고도 했고, 클로가 준 초콜릿에 양주가 들어 있다고 기뻐했으니까."

그럴 리가, 미카즈치도 아니고…… 그렇게 생각했는데 도베가 술이 있으면 달라면서 기대하는 눈초리로 바라보았다.

"일단 있긴 한데……."

나는 그렇게 말하고 [모래 결정] 유리로 색을 넣어 만든 두 종류의 병에 담은 술을 세 개씩 꺼냈다.

한쪽은 예전에 미카즈치에게 줬던 한산포도로 만든 [숲의 혈명주]라는 붉은 와인.

그리고 다른 한쪽은 버섯 에리어라 불리는 곳에서 회수한 벽백포도로 만든 [안개의 백정주]라는 흰 와인이다.

붉은 [숲의 혈명주]는 HP나 신체 계열 스테이터스에 영향을 주고, 흰 [안개의 백정주]는 MP나 정신 계열 스테이터스에 영향을 준다.

"으으, 사실 비프 스튜 같은 걸 만들 때 쓰려고 했던 요리주인데……."

미성년자 플레이어는 술을 마시지 못하니까 [아트리엘]에 두고 요리주 대신 쓰려고 했는데…….

"자, 이거 받고 [마도로] 설치를 허가해주세요."

내가 약간 눈물을 머금으면서 지금 가지고 있는 술 계열 아이템을 건넸다.

"호오~! 술이로구나! 술이로구나! 맛을 한 번 볼까."

조합으로 만드는데 수고와 시간이 꽤 많이 드는 술 두 종류를 눈앞에서 한 병씩 들고 병나발을 부는 도베.

"그 하얀 건 나도 아직 못 먹은 건데!"

미카즈치가 그렇게 따졌지만, 도베는 아랑곳하지 않고 마셨다.

"으음. 맛있지만 도수가 좀 약하군. 다음에는 목이 타오르는 듯한 술로 부탁하지."

『──[숲의 혈명주]의 양도 : 50Pt, [안개의 백정주]의 양

161

도 : 50Pt. 나머지 150/300.』

"우와, 지금까지 줬던 것보다 우호도 포인트가 훨씬 높네."

대충 보니 이미 방향성은 정해진 것 같았다.

"이것보다 강한 술은 없는데."

미성년자 플레이어인 내게 술 계열 아이템을 기대해도 곤란하다며 중얼거렸다.

"그럼 이번 건은 내게 맡겨줄래?"

"미카즈치?"

내가 돌아보면서 고개를 갸웃거리자 미카즈치가 씨익 웃었다.

옆에 있던 세이 누나도 조용히 고개를 끄덕이는 걸 보니 미카즈치에게 맡기려는 모양이었다.

"자, 우선 [팔백만] 홈으로 돌아갈까."

"돌아가서 어떻게 할 건데?"

"일단 연회다! [사신 그림 리퍼]를 토벌한 기념으로!"

또 연회야? 그렇게 의심하는 눈초리로 바라보았지만 미카즈치는 내 시선을 보고도 전혀 물러서지 않았다.

"윤 아가씨, 그런 눈으로 보지 마. 연회를 하는 이유가 있다고."

"이유가 뭔데."

"뭐, 그건 길드 홈으로 가서 이야기하지."

그렇게 이야기를 나눈 다음 드워프 왕 도베의 공방을 나선 뒤 포탈을 통해 [팔백만]의 길드 홈으로 전이했다.

그리고 세이 누나는 길드 멤버들에게 연회 준비를 지시하기 위해 일단 헤어졌다.

한편 나와 클로드는 미카즈치의 안내를 받고 [팔백만] 길드 홈 뒤쪽에 있는 별관으로 향했다.

●

"자, 이게 내게 맡기라고 했던 이유야. 장관이지?"

미카즈치의 안내를 받고 도착한 곳은 [팔백만] 길드 홈의 별관에 있는 술 창고였다.

지붕까지 공간이 뚫려 있는 별관에는 여러 생산 소재를 합쳐서 술 계열 아이템을 조합하는 시행착오를 거듭하며 만든 술을 증류하는 대형 시설까지 갖춰져 있었다.

"정말…… 이런 걸 어느새 만든 거야?"

"술을 좋아하는 사람들을 모아서 만들었지. 예전에는 도수가 낮은 과실주 정도만 만들었는데 지금은 여러 종류의 술을 만들 수 있다고. 물론 길드의 자금에 손을 대지는 않고 내 사비를 들인 거야."

미카즈치가 설명한 구리제 증류기는 가동되고 있었다. 데운 알코올이 증기로 변한 뒤 냉각관에서 식어서 옆에 있는 구리 증류기에 모였다.

다시 거기서 데워져서 증류되며 점점 알코올의 농도가 올라가고 있었다.

"이렇게 만들고 있으면 드워프 왕에게 줄 증류주는 충분한 거 아니야?"

"술이 있긴 하지만 전부 예약된 거라서."

미카즈치가 내 옆에 있던 클로드를 턱으로 가리키자 클로드가 설명해주었다.

"나도 이 시설을 만드는데 자금을 냈거든. [콤네스티 카페 양복점]에서 피오르가 만드는 과자나 커피의 향을 내기 위해 술을 예약했다."

"그리고 이 시설로 술을 만들어도 큰 적자라고! 아~, 매일 돈을 벌기 힘들다니까!"

그렇게 말하고 웃는 미카즈치를 보니 그럼 술을 끊으면 되지 않냐는 생각이 들었다.

"이런 증류시설이 있긴 하지만 만든 술은 이미 예약이 된 상태야. 실제로 우리가 드워프 왕에게 줄 증류주를 마련하려면 시간이 걸리지."

"그래서 기다리는 동안 연회를 하자고? 뭐, 그런 거라면 며칠 정도는 기다릴게."

왠지 연회를 벌일 이유로 이용당한 것 같기도 하지만 이해는 되었다.

"자, 그럼 길드 홈으로 돌아가서 연회 준비라도 할까!"

그리고 우리는 다시 길드 홈으로 돌아가 연회 준비를 도왔다.

그리고――.

"윤 언니! 그림 리퍼 토벌 축하해!"

"윤, 고생했어."

"뮤우, 그리고 타쿠네도 고생 많았어."

같은 곳으로 원정을 떠났기에 뮤우와 타쿠네 파티가 합류한 뒤 함께 [팔백만] 길드 홈으로 와서 말을 걸었다.

"자, 이게 원정 간 에리어에서 발견한 선물이야. 어디에 쓸지는 모르겠지만 줄게."

그렇게 말하면서 적 MOB이 드롭한 아이템을 이것저것 떠넘기는 뮤우를 보고 살짝 쓴웃음을 짓고 있자니 마침 생각났다는 듯이 말을 꺼냈다.

"그리고 액세서리 수리하고 업그레이드 부탁해도 될까? 사실 지금까지 전투를 벌이면서 조금씩 구슬이 빠져버려서 수리했으면 하거든."

뮤우는 그렇게 말하고 손목에 차고 있던 팔찌를 조심히 빼서 내게 건넸다.

"그래, 내게 맡겨. 수리하는 것뿐만이 아니라 성능도 더 좋게 해줄 테니까."

내가 받아들자 뮤우는 안심한 듯이 미소를 지었고, 이번에는 타쿠가 나섰다.

"윤, 내 것도 부탁할게. 너한테 받은 뒤로 여러 번 도움을 받은 액세서리니까 성능이 강해져서 돌아오면 좋지."

타쿠도 손가락에 끼고 있던 흑철제 반지를 빼서 내게 건넸다.

"고마워. 둘 다 그렇게 말해주니 생산직을 한 보람이 있네."

"그럼 나는 저쪽에 가 있을게!"

"나중에 보자, 윤. 나는 길드 경매장 쪽에 가볼게."

뮤우네 파티는 [팔백만]에서 진행되고 있는 GVG 대전 스크린 근처에 자리를 잡고 주변에 있던 요리를 먹으며 관전했다.

타쿠네 파티는 세이 누나가 오늘 중복으로 얻은 [탈명인 데스사이즈]가 주요 상품인 길드 경매를 기대하고 있는 눈치였다.

"자, 나도 세이 누나가 있는 쪽으로 가볼까."

찾고 있던 두 사람과 만난 나는 사역 MOB인 뤼이와 자쿠로를 불러낸 뒤 세이 누나와 미카즈치가 있는 곳에서 합류했다.

"윤 아가씨는 나하고 세이 근처에 있어! 자, 그림 리퍼 토벌의 주역이니까!"

"그래, 그래."

내가 다가가자 미카즈치가 내 자리를 지정했다.

세이 누나와 미카즈치 근처에 앉아서 시작된 연회를 멍하니 바라보며 뤼이, 자쿠로와 함께 요리를 즐겼다.

나온 주스를 마시고 좋아하는 음식을 먹으며 안도의 한숨을 쉬었다.

오늘은 신기하게도 많은 일이 있었지, 그렇게 생각하며 하루를 돌아보았다.

그림 리퍼와 마주친 다음 무사히 도망친 것.

세이 누나, 다른 파티원들과 협력해서 그림 리퍼를 쓰러뜨린 것.

곧바로 기세를 살려 드워프의 나라를 방문한 것.

그리고 상위 화로인 마도로를 발견한 것.

그렇게 여러 가지 일들을 떠올리면서 멍하게 시끌벅적한 연회 소리를 들으며 마음 편히 시간을 보냈다.

"왜 그래, 윤? 피곤하니?"

"음~. 분위기에 취한 것 같아. 그래도 기분은 나쁘지 않은데?"

만약 술을 마실 수 있다면 알딸딸한 상태라고 할 수 있을지도 모르겠다.

『뀨우~.』

"응? 자쿠로, 왜 그래? 즐거워?"

자쿠로 쪽을 보니 비틀거리고 있어서 안아 들었다.

그리고 자쿠로가 살짝 재채기를 한 것과 동시에 술 냄새가 살짝 났다.

"미안해, 아가씨. 뤼이가 술을 맛있게 먹길래 성수인 자쿠로도 마실 수 있을 것 같아서 핥아먹게 했더니 그렇게 되어버렸어."

내가 눈을 잠깐 돌린 틈을 타서 미카즈치가 멋대로 술을 먹인 모양이었다.

미성년자 플레이어가 마시지 못하게 막긴 하지만 사역

MOB에게는 그런 배려가 없는 모양이었다.

"뤼이는…… 정말 맛있게 먹네."

매우 신이 나서 바닥이 얕은 그릇에 담은 술을 마시는 뤼이.

자쿠로가 술을 마시고 취했기에 뤼이에게도 그만 먹으라고 했지만, 매우 불만이라는 듯한 눈초리로 바라보았기에 적당히 마시라며 허락해주었다.

"그건 그렇고 뤼이는 술을 잘 먹는데, 자쿠로는 술에 약하구나."

취한 자쿠로는 기분이 좋다는 듯이 꼬리 세 개를 흔들었고, [어지러움] 상태이상에 걸려 있었다.

"세이 누나, 미안한데 물 좀 줄래?"

"알았어. 그리고 미카즈치 때문에 미안해."

세이 누나는 나와 자쿠로에게 사과하면서 술을 깰 물을 마련해주었다.

나는 그 물을 자쿠로에게 조금씩 먹였다.

"세이 누나, 고마워. 그건 그렇고 술 때문에 걸리는 [어지러움]에 효과가 있는 약은 없단 말이지."

내가 그렇게 중얼거리자 미카즈치가 뤼이와 함께 술을 마시면서 물어보았다.

"있으면 편리할 텐데 말이지. 그럼 술을 한없이 마실 수 있을 텐데."

"그래서 없는 거 아니야? 술 깨는 약을 먹으면 괜찮다고 생각하는 게 위험한 거지."

"그러고 보니 술을 사용한 포션 같은 건 없어?"

"술을 사용한 포션? 뭐, 있긴 한데 괴짜 포션이야."

사실 [중급 약사 기술서]라는 레시피 책 안에는 술을 사용한 레시피가 몇 종류 있었다.

그중에 약주라 불리는 종류의 포션은 HP와 MP를 동시에 회복시켜주는 효과가 있다.

그리고 회복량은 하이 포션 정도고 SP 취득에 따른 회복 제한이 없다.

그리고 그것이 괴짜 아이템 취급받는 이유가 일정 확률로 [어지러움] 상태이상에 걸리고 단시간에 여러 번 사용하면 점점 상태이상 확률이 올라가기 때문이다.

그래서 첫 번째 사용했을 때 걸리지 않더라도 두 번, 세 번, 그렇게 단시간에 사용하면 [어지러움]으로 인해 전투를 계속 벌이기 힘들어진다. 특히 미성년자 플레이어가 사용하면 한 방에 [어지러움]에 걸리는 괴짜 아이템이다.

"그래서 전투를 벌일 때는 안정적이지 못하니까 못 써먹어."

"안 되나. 술 계열 아이템의 가치가 올라가면 그 증류 시설도 흑자를 볼 수 있을 텐데. 그렇게 되면 내가 마실 술값 정도는 벌 수 있을 테고. 뭐, 개인적으로 즐기기는 좋아 보이네."

"마시지 않는 알코올이라면 향수 계열 아이템에 쓸 수 있으려나? 그리고 불꽃 계열 아이템하고 합쳐서 대미지 아이템을 만든다든가."

[매료의 향수]나 상위인 [유인향] 등의 향수 계열 아이템에 쓸 수 있고, 대미지 아이템으로 만들 수도 있다.

하지만 고농도 알코올로 만드는 화염병은 그다지 효율이 좋은 대미지 아이템이 아니다.

기본적으로 NPC의 범용 소재보다 플레이어가 만드는 소재가 성능은 더 좋기에 성능을 올리기 위해 사용하는 중간 소재로 제공하기만 해도 수요는 있다.

"내가 연구하고 있는 것 중에서는 알코올을 사용한 혼합 결정이 있긴 하네. 농도가 진한 알코올을 얻을 수 있다면 만들어 볼만도 하겠는데."

"그 혼합 결정이라는 건 뭐야?"

내가 조용히 말하자 미카즈치가 반응을 보였다.

혼합 결정은 상성이 좋은 특정 소재나 포션에 일정 농도 이상의 알코올을 섞어서 약효 성분을 결정화시키는 추출 방법과 그것을 응용함에 따라 결정을 합성시키는 방법으로 만들 수 있다.

그걸 사용하면 기존 포션 일부보다 더 효과가 좋은 포션을 만들 수 있다는 것을 설명했다.

"그런 방법이 있구나? 그래도 다들 생각해볼 만한 방법이겠어."

세이 누나가 한 말대로 NPC 약가게 할머니에게 구입한

[중급 약사 기술서]의 레시피나 플레이어들이 제공해준 아이템 레시피를 모아 만든 [괴짜 아이템 전집]에도 성분 결정을 만드는 법이 나와 있다.

하지만──.

"써먹을 곳이 별로 없단 말이지. 들이는 수고에 비해서 잘 팔리는 타입도 아니고."

써먹을 곳이 별로 없긴 하지만 이 추출법을 계속 발전시켜나가면 [만능약]이라 할 수 있는 포션을 만들어낼 수도 있다는 것이 내 생각이다.

"그럼 지금 여기서 할 수 있어?"

미카즈치가 우리 눈앞에 있는 테이블에 호박색 술을 꺼내며 물어보았다.

나는 잠시 생각한 다음 할 수 있다고 대답했다.

"뭐, 대충 간단한 거라면 할 수 있을 것 같은데."

사실 증류해서 순수한 알코올로 만든 뒤 가장 적합한 도수를 알아내고 싶지만 딱히 상관없을 것 같았다.

"그럼 만든다."

내 손을 빤히 바라보는 세이 누나와 미카즈치 앞에서 두 컵에 술을 절반 정도 따르고 한쪽에는 강도가 4인 해독 포션과 마비 해제 포션, 다른 한쪽에는 각성제와 침정약을 섞었다.

세 가지 색의 액체가 섞여서 탁해지는 와중에 [요리] 센스의 《촉진》 스킬을 사용하여 빨리 감기를 하는 것처럼 컵 안에 담긴 액체를 변화시켰다.

 탁해진 부분이 서서히 위아래로 나뉘기 시작했고, 아래쪽에 색이 물든 결정이 가라앉으며 변화가 멈췄다.

 "자. 끝났어. 이제 알코올을 버리고 결정을 건조시켜서 적당히 뜨거운 물을 부으면——."

 미카즈치 눈앞에서 증류주와 상태이상 회복약을 섞은 혼합액을 버리고 바닥에 가라앉은 결정을 모았다.

 그리고 그것을 [조합]의 건조 스킬로 말린 뒤 뜨거운 물을 붓고 결정을 다시 녹였다.

미완의 범용 포션 [소모품]
[해독1] [마비 해제1]

미완의 정신 포션 [소모품]
[혼란 해제1] [분노 해제1]

 완성된 것은 신체 계열과 정신 계열의 복합 상태이상 회복 포션이었다.

 "뭐, 지금 있는 걸로 만드는 건 이게 한계려나? 효과도 꽤 약해져버렸고."

 솔직히 플레이어가 만든 알코올로 만드는 것은 이번이 처음이었기에 내가 생각하기에는 여러 가지 개선점이나 검증해야 할 사항이 생겨서 불만족스러운 결과다.

하지만 미카즈치는 두 종류의 복합 상태이상 회복약을 바라보고 있었다.

"이것이 알코올을 사용한 추출 방법과 혼합 결정, 그리고 복합 상태이상 회복약. 우리 길드 멤버들에게 연구하라고 할까."

"나도 간단히 만들 수 있으니까 금방 만들 수 있게 될 거야. 필요한 건 알코올의 농도고, 그건 시행착오를 겪을 수밖에 없지."

개인적인 감상을 말하는 한편, 미카즈치가 조금 분한 듯한 표정을 짓는 모습을 나와 세이 누나가 보았다.

"이걸 미리 발견해서 완성시켰다면 [미궁 거리]의 상태이상이 많은 던전이나 지하 계곡의 운동 경기도 좀 편하게 진행했을 텐데."

"그래도 나중에 올 플레이어에게는 유용한 아이템이 될 거고, 그 수고는 선구자들만 할 수 있는 거야."

미카즈치가 한 말을 듣고 세이 누나가 달래자 그렇겠다면서 맞장구를 치며 웃었다.

그때, 미카즈치가 무슨 생각을 하고 있었는지는 모르겠지만 살짝 즐거워하며 술을 천천히 마시고 있었다.

여담이긴 하지만, 나중에 [팔백만]의 증류시설이 더욱 확장되었다.

그 이유는 [조합] 센스로 알코올을 사용해 성분을 추출하는 방법과 그것을 이용해 만드는 혼합 결정을 연구하여 [팔백만]에서 고품질 복합 상태이상약을 만들었기 때문이다.

그로 인해 많은 [조합] 플레이어가 [팔백만]의 뒤를 따르는 듯이 복합 상태이상 회복약 레시피를 연구하기 시작했고, 알코올 수요가 늘어났다.

그 상황에 편승하여 [요리] 계열 길드와 취미 계열 플레이어들도 술을 만드는데 뛰어들었다.

그 결과, 복합 상태이상 회복약 레시피가 보급되었고, 많은 중견 플레이어용 던전이나 에리어의 난이도가 내려가 OSO의 중급자와 상급자의 차이가 조금 줄어들었다.

그렇게 OSO에서 아이템이 크게 움직인 배경에는 미카즈치뿐만이 아니라 [생산 길드]에서 실무를 맡고 있는 클로드도 관여하지 않았을까 하는 생각이 든다.

하지만 그런 건 그리 중요하지 않고, OSO에서 유통되는 플레이어산 술의 양과 종류가 늘어나자 미카즈치는 만족스러운 모양이었다.

나도 도수가 높은 알코올을 안정적으로 얻을 수 있게 되었기에 복합 상태이상 회복약을 [아트리엘]의 상품으로 내놓을 수 있게 되었고, 복합 상태이상 회복약의 발전 형태인 [만능약]을 연구할 수 있는 환경이 갖추어졌다.

게다가 더욱 강도가 높은 독약 등의 상태이상약 등을 만들기 쉬워졌다는 점도 개인적으로는 기쁘다.

이건 이번 골든 위크의 대규모 원정으로부터 약 한 달 뒤에 일어난 일이다.

5장   마도로와 액세서리 또다시

골든 위크 4일째, 5일째는 현실 일정이 있기에 원정에 참가하지 못했고, OSO에는 잠깐만 로그인했다.

그동안 클로드와 연락을 주고받으며 드워프 왕 도베에게 줄 술 이야기 등을 들었다.

그리고 골든 위크도 절반이 지난 6일째——.

우리는 미카즈치가 마련해준 증류주 두 종류를 담은 술통을 가지고 드워프 왕 도베를 만나러 갔다.

"호오~! 이건 종류가 다른 증류주로구나! 게다가 술통을 통째로 가지고 오다니, 이건 인정할 수밖에 없지!"

『——[증류주(위스키)]의 양도 : 100Pt, [증류주(브랜디)]의 양도 : 100Pt. 나머지 300/300.』

퀘스트 [드워프 왕에게 바치는 공물]을 달성한 직후, 도베가 대장장이 망치로 바로 술통을 깨고는 근처에 놓여 있던 술잔으로 술을 떠서 마시기 시작했다.

"이거 맛있는데!"

"진짜, 아빠! 받았으면 보답을 해야지!"

도베의 딸인 드워프 소녀 NPC가 미안하다는 듯이 고개를 숙여 인사한 뒤 도베를 대신하여 어떤 것을 주었다.

"이게 아빠가 주는 [마도로 설치 허가서]예요. 이제 마도로를 만들 수 있는 소재를 찾으러 갈 수 있을 거예요."

퀘스트 보수로 받은 것은 우리가 원하던 [마도로 설치 허가서]였다.

이것을 화로 등의 [대장] 계열 생산 설비를 판매하는 NPC에게 보여주면 판매 리스트에 마도로가 추가되는 아이템이다.

그와 동시에 마도로를 설치하려면 소재를 가져올 필요가 있는지 필요한 소재 일람에 대량의 소재 아이템이 적혀 있었다.

"이제 [팔백만]도 상위 화로를 도입하기 직전 단계까지 왔구나."

"그래도 이 소재를 다 모으려면 좀 힘들겠네."

미카즈치는 받은 [마도로 설치 허가서]를 메뉴에서 확인하고 세이 누나와 함께 필요한 소재를 보며 곤란하다는 듯이 웃고 있었다.

마도로를 설치하는데 필요한 것은——

· 돈 1000만 G
· 초 내열 벽돌 × 1000개
· 분말 형태의 레드라이트 × 300개
· 생명의 물 × 300개
· 적층탄 × 500개
· 메가 포션 × 300개

· MP 포트 × 300개

· 와이번 아종의 뼈 × 20개

· 미스릴 주괴 × 20개

· 토정령의 돌 × 5

· 화정령의 돌 × 5

· 마도핵 × 1

"모르는 소재도 있는데, 이 정도인가?"

"미카즈치, 그렇게 가볍게 말하지 말아줘……."

나는 머리를 부여잡으며 [마도로 설치 허가서]에 적혀 있는 소재의 작성 레시피와 지금까지 얻은 지식을 통해 얻을 수 있는 소재를 확인하기 시작했다.

"초 내열 벽돌은 마도로의 중간용 소재구나. 레시피도 드워프 여자애한테 받았는데, 이거…… 힘들겠네."

세이 누나는 도베의 딸인 드워프 소녀 NPC에게서 [마도로 설치 허가서]와 함께 받은 [초 내열 벽돌]의 레시피를 보며 그렇게 중얼거렸다.

[초 내열 벽돌]을 1000개 모아야 하는데, 애초에 이건 마도로 전용 중간소재다.

마도로 설치만을 위해 1000개 분량의 소재를 모으고 [세공] 계열 센스로 만들거나 NPC에게 소재를 가져가서 중간소재인 [초 내열 벽돌]을 만들어달라고 할 필요가 있는 것 같다.

혼자서 모으려면 하루 이틀 정도로는 힘들고, 작성 레시피 소재 중 절반은 신규 소재다.

그밖에도 필요한 레드라이트 분말, 생명의 물, 적충탄까지는 꽤 흔한 소재이긴 하지만 많이 필요하다.

메가 포션과 MP 포트, 미스릴 주괴는 돈으로 해결할 수도 있지만, 이쪽도 많이 필요하다. 생산직인 내가 마련한다 해도 만드는데 필요한 소재와 수고가 많이 든다.

MOB을 쓰러뜨리고 얻는 드롭 계열 소재인 와이번 아종의 뼈는 비룡산맥 내부의 던전에 나타나는 퀘스트 보스인 회색 와이번 아종이 드롭한다.

그런데 나오게 만들려면 퀘스트 아이템으로 불러낼 필요가 있고, 와이번 아종은 레이드 보스급으로 강하다.

또한 와이번 아종의 뼈는 레어 드롭 아이템이 아니긴 하지만, 다른 생산소재로 쓸 수도 있어서 수요도 나름대로 많다.

"[토정령의 돌]은 보스 MOB인 골렘의 레어 드롭 아이템이라는 걸 알고 있긴 한데, [화정령의 돌]하고 [마도핵]은 모르겠네."

"뭐, 아마 필요한 소재의 숫자를 보니 적 MOB의 레어 드롭 아이템이겠지."

미카즈치는 낙관적으로 생각하는데, 하긴 드롭하는 적 MOB만 찾아내면 그 뒤로는 사람들을 모아서 횟수로 밀어붙이면 어렵지는 않다.

그리고 미카즈치네 길드는 OSO에서 가장 큰 길드, [팔백
만]이다.

"범용 소재 중 대부분은 길드 창고에 있으니까 그걸 꺼낼
까. 나머지는 한가한 길드 멤버를 모으면 문제없을 테고."

"그러고 보니 한때 레어 드롭 아이템을 노리고 와이번 아
종을 계속 잡은 적이 있었지. 그때 뼈를 잔뜩 얻어서 숫자
는 부족하지 않을 거야. 그리고 미스릴 주괴는 랑그레이 군
이나 오토나시 군에게 부탁하면 만들어줄 테고."

세이 누나와 미카즈치는 소재를 대충 절반 정도 확보한
상황인 것 같다.

이제 부족한 것은 초 내열 벽돌 1000개 분량의 소재와
MOB의 레어 드롭 아이템 정도다.

그리고 우리가 있는 곳에서 조금 떨어져서 조용히 있던
클로드는──.

"좋아, 준비 다 되었다."

"클로드, 어디 연락했어?"

"[생산 길드] 쪽에 시가에 영향이 생기지 않을 정도로 마
도로에 필요한 소재를 구입하라는 지시를 내렸다. 이제 언
제든 [되팔이 길드]가 가격을 올리더라도 받아칠 수 있지."

"아~, 응. 그럴 필요도 있겠구나."

최근에 베타 버전에서 복각, 리메이크된 [심볼] 시스템
과 그것을 사용하여 던전을 만드는 [스타 게이트]가 추가
되었다.

그렇게 던전을 만드는데 필요한 [심볼] 아이템의 가격이 [되팔이 길드]에 의해 치솟았던 것이 기억에 선하다.

그때 [심볼]의 가격이 폭등했던 상황은 시간이 지남에 따라 자연스럽게 가라앉았지만 그리 좋은 일은 아니었던 것 같다.

"수요가 다소 늘어나서 가격이 오르는 건 어쩔 수 없지만 일부러 올려서 마도로의 보급이 늦어지면 그만큼 OSO 전체적인 [대장]과 [세공] 계열 센스의 성장이 늦어진다."

나와 세이 누나는 클로드가 한 말을 듣고 여러모로 생각하고 있구나 하며 감탄했다.

"필요한 설치 허가서를 받았는데 이제 어떻게 할까? 나하고 세이는 [지하 계곡 심부 공략 루트]로 갈 생각인데."

마침 골든 위크도 절반이 지나서 처음에 선택한 목적지에서 다음 목적지로 넘어가는 플레이어도 많았다.

"나는 뮤우하고 세이 누나, 타쿠에게 받은 액세서리를 업그레이드하고 싶으니까 드워프의 나라하고 지하 계곡 중층 근처에 좀 머무를 예정이야."

"그럼 윤하고는 따로 행동할까. 계속 운동 경기장 쪽에서 레벨을 올릴까 하는데."

그렇게 이야기를 나눈 뒤 각자가 하고 싶은 것을 선택하고 그 자리에서 세이 누나와 미카즈치, 클로드를 보냈다.

그런 다음 모두가 떠난 뒤에 나는 인벤토리에서 가지고 있는 소재를 확인했다.

"업그레이드를 하려면 좀 부족한가?"

세이 누나의 [청과 은의 미스틱링]을 업그레이드하려면 블루라이트 광석과 미스릴, 그리고 미스릴 주괴를 만들려면 성수가 필요하다.

뮤우의 [스노우화이트 팔찌]는 금속 실과 유리구슬, 금속 구슬, 그리고 보석을 끼울 받침대와 파츠마다 업그레이드를 하거나 따로 만든 물건과 교체할 필요가 있다.

"금속 실은 미스릴제면 되려나? 구슬은 모래 결정하고 미스릴 분말, 레이라이트를 섞어서 녹이면 되겠지. 그래도 나중에 채굴하지 않으면 부족하겠어."

광속성 마법금속인 레이라이트 광석이 부족해서 광속성 미스릴 합금으로 만들 수 있는 금속 구슬 분량이 부족할 것 같다.

머릿속으로 업그레이드 소재와 디자인을 정해나가는 와중에 가장 힘들어 보이는 것이 타쿠의 [흑의 가드링]이었다.

흑철제 반지를 업그레이드하는데 가장 좋은 것이 아다만타이트 광석.

그리고 눈앞에는 빌릴 수 있는 마도로가 있고, 지하 계곡 중층에서는 아다만타이트 광석을 채굴할 수 있다.

하지만——.

"지금 나는 아다만타이트 광석을 가공할 수가 없단 말이지."

그렇게 중얼거리자 불안한 생각이 들었기에 생산직이 실

패를 두려워하면 안 된다고 생각하며 스스로 볼을 살짝 때렸다.

"지금은 할 수 없더라도 언젠가는 해낼 거야! 좋았어! 해보자! 그러기 전에 소재를 모아야지."

의욕을 낸 나는 소재를 모으기 위해 드워프의 나라에 있는 포탈로 향했다.

마침 포탈에서 낯익은 두 사람이 나타났다.

"랑그레이하고 오토나시, 역시 왔구나."

"상위 화로가 있다는 이야기를 들었거든. 어제 미카즈치 씨에게 데려다 달라고 했어."

"우리는 이제 가보려는 참인데, 어디 있는지 알아?"

보아하니 랑그레이와 오토나시는 어제 포탈만 개통시켜 두고 지금 도베의 공방에 가려는 참인 것 같았다.

"저 근처에 있는 공방이야. 그런데 건물이 전부 다 비슷하게 생겼으니까 NPC 드워프에게 물어보면 길을 가르쳐줄 거야."

내가 손가락으로 가리키자 두 사람은 대충 이해했다는 듯이 고개를 끄덕였다.

"땡큐. 윤은 벌써 마도로 성능을 확인했어?"

"아니, 먼저 소재를 모아서 이 액세서리를 업그레이드할 때 빌리려고."

나는 그렇게 말한 다음 랑그레이와 오토나시에게 뮤우와 세이 누나의 액세서리를 보여주었다.

"오, 세이 씨 거구나!"

"정겹네. 반년 전에 만들었던 액세서리. 그때는 즐거웠지."

예전에 랑그레이, 오토나시와 함께 여러 가지 아이디어를 생각하면서 액세서리를 만들었다.

그때 뮤우와 세이 누나에게 선물했던 액세서리를 만들었기에 당연히 두 사람도 이 액세서리를 알고 있었다.

"그럼 우리는 먼저 마도로를 빌려서 기다리고 있을게. 오랜만에 생산 계열 이야기를 이것저것 하면서 만들자고."

"나도 쿠나이 같은 걸 이것저것 만들면서 기다리고 있을게."

"그럼 나중에 보자."

나는 랑그레이, 오토나시와 함께 만들기로 약속한 다음 그곳을 떠났다.

소재는 어느 정도 [아트리엘]에 모아두었기에 그것을 가져오고, 그래도 부족한 소재는 [생산 길드]나 노점을 돌아보면서 사들였다.

그래서 뮤우와 세이 누나의 액세서리를 업그레이드할 소재는 금방 확보할 수 있었지만, 타쿠의 [흑의 가드링]에 쓸 아다만타이트 광석은 없었다.

"타쿠의 액세서리는 나중에 따로 만들면 되려나."

내가 그렇게 중얼거리면서 다시 도베의 공방으로 돌아와 보니 그곳에서는 이미 랑그레이와 오토나시가 작업을 하고 있었다.

"실례합니다~."

나는 작은 목소리로 그렇게 말하며 열기가 고여 있는 공방으로 천천히 들어가 내가 온 것을 아직 눈치채지 못한 두 사람이 작업하고 있는 모습을 뒤에서 바라보았다.

지금은 오토나시가 주로 작업을 하고 있는지 마도로에 녹인 암속성 다크라이트 광석을 두들기며 주괴로 만들고 있었다.

그 옆에서는 오토나시가 먼저 만든 미스릴 주괴 강판이 놓여 있었다.

"랑그레이, 간다."

"좋아, 내게 맡겨!"

오토나시가 신호를 보낸 것과 동시에 다시 화로에 넣어서 달군 다크라이트 주괴는 붉게 달아올랐고, 화로에서 꺼낸 다음 랑그레이가 큼직한 망치로 두들기자 불꽃이 튀었다.

그리고 오토나시가 곧바로 한 손으로 망치를 몇 번 두들겨서 전체적으로 휘어진 부분을 바로잡고 랑그레이가 다크라이트 주괴를 힘껏 늘리기 시작했다.

계속 접거나 휘고 늘리는 것을 반복한 다크라이트에 적층탄을 용접제로 바른 다음 그 위에 미스릴 강판을 올려놓고 두들겨 접합시켰다.

"맞메질…… 나하고 마기 씨 말고 다른 사람이 하는 건 처음 봤네."

내가 작은 목소리로 중얼거린 말을 듣지 못할 정도로 집중하고 있는 두 사람은 이마에 땀을 잔뜩 흘리면서 작업에 몰두했다.

그리고 다크라이트를 심지로 삼아 미스릴을 덮은 뒤 서서히 형태를 만들어 나갔다.

랑그레이가 여러 번 망치로 늘리고 오토나시가 휘어진 부분을 바로잡아서 만든 것은 곧게 뻗은 외날 칼이었다.

그것을 성수인 냉각수에 담그고 식히자 측면에는 예쁜 은빛이 드러났고, 칼등과 칼날에 다크라이트의 검은색이 눈에 띄었다.

"랑그레이, 고생했어."

"그래, 고생했어."

그렇게 말한 다음 일단 형태가 잡힌 닌자도를 들어 올리는 오토나시.

그런 다음 숫돌로 갈아서 칼날을 예리하게 만들 필요가 있겠다고 중얼거린 오토나시는 무릎을 꿇고 늘어졌고, 그 뒤를 따라 랑그레이도 뒤쪽으로 쓰러졌다.

"잠깐?! 이봐! 둘 다 괜찮아?"

급하게 뛰어간 내가 두 사람의 스테이터스를 확인해보니 HP가 대폭 줄어들었고, 극도의 [열기 대미지]를 입어서 일시적으로 행동불능 상태에 빠진 모양이었다.

나는 급하게 두 사람에게 포션과 쿨 드링크를 먹인 다음 질질 끌면서 마도로 앞으로 데리고 나왔다.

그때 충분히 열기 대미지 대책을 세우지 않고 가동중이었던 마도로 옆으로 다가갔기 때문에 나도 현기증이 좀 났지만 거리를 두자 괜찮아졌다.

"마도로는 위험하구나. 열기 대책을 어설프게 세우면 안 되겠어."

나는 그렇게 중얼거리며 쓰러진 랑그레이와 오토나시가 깨어날 때까지 대책에 대해 생각해보았다.

●

"윤. 미안해, 덕분에 살았어!"

"으윽, 아직도 머리가 어지러워."

키가 큰 랑그레이가 고개를 숙였고, 졸려 보이는 오토나시가 얼굴을 찡그리며 머리를 부여잡고 있었다.

"둘 다 괜찮아? 우선 수분을 보급해야 하니까 이거라도 마실래?"

열기 대미지의 영향을 줄이기 위해 쿨 드링크를 먹었지만 그래도 부족한 모양이었기에 주스와 차를 두 사람에게 건넸다.

두 사람은 마도로의 열기 때문에 목이 말랐는지 사양하지 않고 마셨다.

그리고 진정이 되었는지 숨을 크게 내쉰 다음 활기 넘치는 표정으로 나를 보았다.

"그건 그렇고 대단하네. 마도로의 화력이 강해서 미스릴을 가공하는 것도 꽤 편해졌어."

"그렇지. 나도 난이도가 내려간 걸 느꼈거든."

"그렇게 대단해?"

푸르스름한 불꽃이 깃들어 있는 마도로를 돌아보았다.

"처음부터 마법로의 최대 화력급 불꽃이 안정적으로 나오니까 억지로 화력을 키우는 토렌트 우드를 넣을 필요도 없고, MP를 사용하면 미스릴 같은 걸 가공하는 게 훨씬 편해져."

"그리고 고온으로 녹이니까 하위 금속을 주괴로 만들 때도 꽤 높은 확률로 질이 좋아지고."

오토나시가 그렇게 말한 뒤 내가 오기 전에 시험해본 모양인지 금속 주괴를 몇 개 꺼냈다.

보통은 '질이 좋은'이라는 형용사가 붙은 광석을 사용해야 만들 수 있는데 마도로의 효과 덕분에 일반적인 금속 광석을 사용해도 일정 확률로 품질이 좋아지는 모양이었다.

그리고 그중에는 질이 좋은 광석 아이템을 사용한 건지 [연금] 스킬의 《상위 변환》으로도 만들기가 힘든 '가장 질이 좋은'이라는 형용사가 붙은 주괴도 있었다.

참고로 《상위 변환》으로 가장 질이 좋은 주괴를 만들려면 [연금] 스킬을 사용하지 않은 질이 좋은 주괴 10개를 소재로 써서 만들어야 한다.

그냥 철 주괴 100개를 변환하는 방식으로는 만들 수가 없다.

"대단하네! 가장 질이 좋은 철 주괴! 이런 것도 만들 수 있 구나!"

내가 감탄하면서 그 주괴를 확인하기 위해 들어보았다.

그리고 [열기 대미지]에서 완전히 벗어난 랑그레이와 오 토나시가 일어섰다.

"좋아, 한 번 더 해볼까!"

"그래, 이번에는 아다만타이트로."

"아니, 잠깐! 잠깐! 잠깐만 기다려! 방금 쓰러졌었잖아!"

일어선 두 사람의 옷자락을 급하게 잡으며 말렸다.

"적어도 안전하게 계속 생산할 수 있게끔 [내열 효과]가 있는 걸 쓰라고!"

"아~, 깜빡했네. 그러고 보니 좀 전에도 전혀 충분하지가 않았고."

그렇게 말하며 뒷통수를 긁는 랑그레이와 말려서 약간 기 분이 상한 듯한 오토나시.

"할 거면 내가 가지고 있는 [내열 효과]가 있는 아이템을 써. 그리고 적당히 휴식도 취하고."

"그래. 하는 김에 어느 정도 [내열 효과]로 안전하게 마도 로를 사용해서 생산할 수 있는지 검증해볼까."

그렇게 우리는 생산하면서 마도로를 적당히 사용하는 법 을 찾아보게 되었다.

지금은 쿨 드링크로 [내열 효과]를 부여하고 있는데, 그래 도 부족했기에 두 사람에게 화속성 내성이 있는 [속성 연고]

를 바르게 했다.

"[속성 연고] 발랐지? 그럼 어느 정도는 불에 견딜 수 있으니까."

"고마워. 아까보다는 편하긴 한데, 그래도 덥네."

오토나시는 그렇게 말하고 마도로 앞에서 옷자락으로 땀을 닦으며 생산할 준비를 했다.

"그럼 두 번째 물건을 만들어볼까."

"그래. 아까보다는 편하니까 이번에는 거물로 가자."

"그럼 아다만타이트 주괴를 만들자."

오토나시는 화로에 아다만타이트 광석을 넣고 녹은 아다만타이트를 틀에 흘려 넣은 뒤 주괴로 만들기 위해 두들겨서 형태를 잡았다.

화로의 출력은 랑그레이와 오토나시의 MP를 소비해서 푸르스름한 불꽃을 계속 유지했기에 계속 열기를 뿜어내고 있었다.

나도 견학하는 것만으로도 힘들어서 쿨 드링크와 《속성 부여》로 내열 효과를 키우고 계속 [열기 대미지]를 입으며 조금씩 줄어드는 HP를 포션으로 회복시켰다.

그리고 나보다 화로에 가까운 곳에서 작업하고 있던 두 사람은 HP가 더 빠르게 줄어들고 있었지만, 그래도 주괴를 만드는 작업을 멈추지 않았다.

아다만타이트처럼 난이도가 높은 금속을 가공하느라 전혀 긴장을 늦출 수가 없는지 둘 다 진지한 표정으로 주괴를 계속 두들겼다.

공방에 울리는 금속을 두드리는 소리와 화로의 빛으로 인해 눈을 가늘게 뜬 채 작업을 지켜보고 있자니——.

"앗! 이런!"

"윽?!"

두 사람이 깜짝 놀라 소리를 지르는 것과 동시에 주괴를 넣은 화로의 불꽃이 한순간 일렁였고, 서서히 불꽃이 푸르스름한 색에서 붉은색으로 바뀌었다.

그리고 오토나시가 급하게 아다만타이트 주괴를 빼내자 열기를 띠고 있긴 했지만 일그러진 채 굳은 아다만타이트가 나왔다.

"실패했구나. 시간이 부족했어."

오토나시가 불순물을 모두 제거하지 못한 주괴를 냉각수에 담그자 큰 소리를 내며 금이 갔고, 빛의 입자로 변해 사라지는 아다만타이트를 바라보았다.

"아~, 어설프게 끝나버렸네. 대충 시간이 얼마나 걸렸지?"

"그러게…….''

오토나시가 랑그레이에게 묻자 그는 도와달라는 듯이 나를 보았기에 대답해 주었다.

"두 사람이 MP를 넣고 나서 10분 정도."

"고마워. 좀 전에는 [열기 대미지]를 버티지 못하고 HP가 바닥날 뻔했던 거고. 이번에는 화로에 사용하는 MP 소모가 커서 제한 시간이 다 되어버린 느낌이구나."

그렇게 말하고 지금까지 사용한 화로와는 다른 점에 대해 생각하는 오토나시와 랑그레이.

[열기 대미지]를 견뎌내면서 [마도로]를 오랫동안 가동시킬 MP를 확보하고 대장장이 실력도 키울 필요가 생긴 것 같다.

지금 오토나시와 랑그레이의 스테이터스로는 한 번에 가동시킬 수 있는 시간이 최대 10분 정도인 것 같다.

"뭐, 거물을 만드는 건 힘들지만 단시간에 만들 수 있는 거라면 버틸 수 있으려나."

"그렇지. 그럼 다음에는 윤이 시험해볼래?"

"그래, 좀 쓰도록 할게."

나는 랑그레이와 오토나시가 쓰고 있는 것과는 다른 마도로 앞에 섰다.

가까이 다가가자 더욱 [열기 대미지]가 강해진 것을 피부로 느끼면서 미스릴 광석을 화로 안에 넣고 주괴를 만들기 시작했다.

녹인 미스릴을 흑철제 망치로 두들겨서 형태를 잡고 불순물을 제거한다.

그리고 그렇게 만든 회색 주괴를 다시 녹여서 형태를 갖추고 성수에 담가서 단숨에 식히자 백은색 미스릴이 완성되었다.

"휴우, 이 정도면 되려나? 느낌만 따지면 좀 편해진 것 같은데."

그렇게 중얼거리면서 완성된 미스릴 주괴를 들고 랑그레이와 오토나시가 있는 쪽으로 돌아갔다.

"좀 느낌이 특이한 화로인데."

"그렇지. 우리도 마도로와 더 친숙해질 필요가 있겠어."

그렇게 요령 등에 대해 이야기하던 우리는 가로로 다섯 개가 나란히 늘어서 있는 마도로를 각자 하나씩 빌려서 생산 활동을 시작했다.

나는 뮤우와 세이 누나의 액세서리를 업그레이드하는데 착수했다.

우선 뮤우의 액세서리부터 작업하기 시작했다.

"랑그레이, [모래 결정] 남은 거 있어?"

"그래, 구슬 액세서리를 만드느라 꽤 모아둔 게 많으니까 가져가도 돼."

"땡큐."

"그 대신 거기 있는 미스릴 금속 실을 하나 줄래? 만드는 게 힘들어서 얻지 못했거든."

"그래. 나중에 줄게."

랑그레이는 내가 가지고 있던 소재 중 하나를 손가락으로 가리켰다.

미스릴 금속 실 같은 금속 실 작성 레시피는 에밀리 양이 레시피를 제공해서 [괴짜 아이템 전집]에 나와 있을 것이다.

하지만 현재 미스릴 금속 실은 나나 [소재상] 에밀리 양처럼 상위 [연금] 센스를 가지고 있는 경우나 레티아의 사역

MOB인 라나 버그가 좋아하는 음식을 먹었을 때 생기는 부산물을 얻는 것밖에 입수할 방법이 없다.

그런 이유로 인해 조금사인 랑그레이는 미스릴 금속 실을 매우 가지고 싶은 모양이었다.

나는 랑그레이의 협력을 받아 뮤우의 액세서리를 만드는데 필요한 소재를 갖추었다.

"자, 일단 분해해야지."

그렇게 말한 뒤 뮤우의 [스노우화이트 팔찌]에 사용한 금속실을 자르고 구슬을 종류별로 나누어 작은 케이스에 담았다.

"아~, 만들 때 사용했던 금속 실이 끊어지기 직전이었네. 떨어지기 전에 봐도 다행이다."

그렇게 말하면서 유백색 유리구슬과 은구슬을 종류와 크기에 따라 자잘하게 나누었다.

유리구슬 중 몇 개는 금이 갔고, 모양을 내기 위해 일부러 넣었던 내부에 금이 간 유리구슬은 내구도에 문제가 있는 모양이었다.

"음~. 디자인만 보다가 생각이 좀 부족했던 모양이네. 우선 받침대하고 훅 같은 부분부터 수리해볼까."

아쿠아마린이 박힌 받침대에서 보석을 떼어내고 확인하다가 눈치챘다.

"앗, 아쿠아마린에도 금이 가 있네. 이러면 보석도 교체해야겠는데."

교체할 보석도 필요하다는 생각을 하면서 은 받침대를 미스릴로 다시 만들기 시작했다.

그런 다음 자잘한 부분도 미스릴로 교체했고, 드디어 구슬을 만드는 과정으로 넘어갔다.

"뭐, 일단 금속 구슬부터 만들까."

비율 같은 것을 조절하기 힘든 유리구슬을 미뤄두고 먼저 금속 구슬 쪽을 만들기로 했다.

미스릴과 레이라이트만 써서 만들 수 있는 금속 구슬과 레이라이트와 미스릴 합금 금속 구슬을 만들 예정이다.

예전에 블루라이트와 미스릴 합금으로 배못을 만든 경험을 통해 광속성 미스릴 합금을 잘 만들 수 있었다.

"휴우, 다 됐다. 우선 이런 느낌이면 되겠지."

예전에 미스릴 합금을 만들었을 때보다도 꽤 편하게 느껴지긴 했지만 자잘한 구슬을 하나씩 만드는 게 힘들었다.

만든 금속 구슬을 케이스에 넣고 바로 금속 분쇄기로 모래 결정을 비롯한 소재를 가루로 만들기 시작했다.

"자, 다음은 유리구슬인데……."

예전에는 [인혼광석] 분말을 섞은 모래 결정을 화로에 녹여서 유백색 유리를 만들었다.

이번에는 뭘 섞으면 강도가 더 강하고 하얀색이 나올지 고민하고 있자니 휴식을 취하려던 랑그레이가 상황을 살펴보러 왔다.

"윤, 미스릴 금속 실을 받으러 왔는데 있어?"

"그래, 그럼 이걸 가지고 가."

내가 미스릴 금속 실 한 다발을 건네자 그것을 받은 랑그레이가 내 손 쪽을 들여다보았다.

"뭔가 고민하는 모양이네."

"응, 하얀 구슬을 만들 때 뭘 섞을지 생각하던 참이야. 예전에는 [인혼광석]을 썼는데."

내가 팔짱을 끼면서 눈앞에 늘어놓은 생산 소재를 바라보고 있자니 랑그레이가 조언을 해주었다.

"그럼 레이라이트하고 미스릴을 가루로 만들어서 섞어봐, 괜찮은 색이 나올 거야."

"정말이야?!"

"그래, 광속성 계열 구슬 액세서리에 사용할 때는 그렇게 하는 게 성능이 더 좋을 거야. 그리고 섞는 금속 분말 양에 따라 진해지거나 연해지니까 분말의 분량 같은 걸 잘 생각할 필요가 있겠지."

"알았어! 바로 만들어볼게!"

방금 금속 구슬을 만들었을 때 남았던 주괴를 분쇄기에 돌리고 나온 금속 분말을 모래 결정과 같은 양으로 섞어서 마도로에 넣은 뒤 녹인 유리를 구슬로 가공했다.

그리고 완성된 구슬의 색을 보고 섞을 금속 분말의 분량을 조정했다.

"윤, 나도 좀 해봐도 될까?"

"응? 왜 그래?"

"내 비장의 구슬 제조법을 보여줄게. 뭐, 액세서리의 성능하고는 상관없는 기술적인 부분이지만."

그 말을 듣고 마도로 앞자리를 랑그레이에게 양보하자 방금 녹인 유리를 재빠르게 구슬로 가공해 나갔다.

그리고 아직 부드러운 구슬을 돌리면서 표면에 미스릴 주괴 분말을 뿌리는 듯이 발랐다.

그러자 흰색 구슬 표면에 미스릴이 붙어서 코팅한 것처럼 반짝반짝 빛나는 구슬이 완성되었다.

"이런 느낌으로 굳기 전에 표면을 금속 알갱이로 바르거나 분말을 뿌리는 기법도 있어."

"대단하네! 이렇게 하면 더 많은 종류를 만들 수 있겠어!"

랑그레이의 기법을 보고 흥분해서 소리쳤고, 나도 해보고 싶어져서 다시 교대했다.

그런 다음에는 유리구슬을 여러 종류 만들어서 완성된 구슬을 예전과 같은 위치로 미스릴 금속 실에 꿰어 뮤우의 [스노우화이트 팔찌]를 업그레이드했다.

그런 다음 작업한 세이 누나의 [청과 은의 미스틱링]은 뮤우의 팔찌보다 수고가 들지 않아서 블루라이트 광석을 사용한 반지를 블루라이트와 미스릴 합금으로 업그레이드하고 수리하기만 하니 끝났다.

마지막으로 속성석을 강화 소재로 사용해서 추가효과를 부여하고 마무리해서 완성시켰다.

●

"좋아, 뮤우하고 세이 누나 몫은 이제 다 됐네."

나는 그렇게 중얼거리면서 내구도가 회복되고 성능이 향상된 액세서리를 늘어놓았다.

청과 은의 미스틱링 [장식품] (중량:1)

DEF+10, INT+5, MIND+15

추가효과 : [INT 보너스], [수속성 향상 (중)], [마법 상승 (소)]

스노우화이트 팔찌 [장식품] (중량:1)

DEF+10, MIND+15

추가효과 : [회복 효과 (소)], [범위 강화 (소)], [광속성 향상 (중)]

지금 내가 할 수 있는 것을 모두 쏟아부어 업그레이드한 액세서리다.

스테이터스도 올라갔고, 소재도 상위 소재를 사용했기에 새 추가효과를 부여할 수 있게 되었다.

그래서 새로 부여할 추가효과는 실제로 뮤우, 세이 누나와 의논하면서 신중하게 선택할 생각이다.

이제 타쿠의 [흑의 가드링]을 업그레이드하는 것만 남았다.

소재로 가장 좋은 것은 아다만타이트지만 내가 가공할 수 없는 것은 선택지에 넣을 수 없다.

"업그레이드 소재는 우츠강이나 운성강이 현실적이려나."

우츠강은 강철을 기반으로 적층탄을 섞어 겹치는 듯이 담금질함으로써 독특한 다마스커스 문양이 생겨나는 금속 주괴다.

운성강은 운성 광석으로 제련한 주괴이고 성능만 놓고 보면 흑철보다 뛰어나고 [장비 중량 경감] 효과가 기본적으로 붙어 있다.

"운성강이 더 나으려나. 우츠강하고 스테이터스 차이는 별로 안 나지만 운성강은 [장비 중량 경감]이나 여러 가지 효과를 붙이기 편하니까."

나는 일단 운성강으로 업그레이드하려는 생각이었지만 문제가 한 가지 있다.

"소재로 쓸 광석도 없고, 지금은 얻을 수도 없는데……."

운성강 주괴를 만들려면 [운성 광석 조각]이 많이 필요하다.

그 [운성 광석 조각]은 공룡 평원 에리어에서 밤에 떨어진 운석 주위에서 모을 수 있다.

그래서 얻으려면 어딘가에서 사거나 밤까지 기다릴 필요가 있다.

"시간이 남아버렸네."

고민에 빠진 내게는 시간이 있고, 눈앞에는 마도로가 있고, 근처에는 아다만타이트 광석을 채굴할 수 있는 장소가 있다.

"응. 실패하더라도 일단 해볼까."

나는 혼자서 고개를 끄덕인 다음 마도로 주위를 정리했다.

"어, 윤은 어디 가게?"

"잠깐 아다만타이트 광석을 채굴해 올게! 돌아오면 작업을 계속할 생각이야."

내가 자잘한 금속을 새기고 있던 랑그레이와 이제 막 만든 칼을 갈고 있던 오토나시에게 말을 걸자 두 사람은 말없이 한쪽 손을 들어 대답해주었다.

살짝 쓴웃음을 지으며 그 모습을 본 뒤 드워프의 나라에서 지하 계곡 중층으로 포탈을 통해 이동했다.

"좋아, 파볼까!"

나는 마기 씨가 새로 만들어준 운성강 피켈을 들쳐메고 지하 계곡 채굴 포인트를 찾아 파헤치기 시작했다.

운성강 피켈은 [장비 중량 경감] 추가효과가 있어서 가볍게 들 수 있었고, 내려칠 때는 묵직한 느낌이 드는 신기한 손맛을 느낄 수 있었다.

지하 계곡의 좁은 절벽길을 지나갈 때는 얼마 전에 습득한 [잠복] 센스의 《섀도우 다이브》를 사용해서 그림자 안에서 적 MOB을 보내고 아다만타이트 광석을 모아나갔다.

그리고 아다만타이트 광석이 어느 정도 모이자 도베의 공방으로 돌아왔다.

"다녀왔어~. 랑그레이하고 오토나시는 아직 있나…… 아니, 으아아아앗!"

"……죽는다, 진짜로 죽어."

"와, 완성을 위해서라면…… 바라던 바…….'"

열기가 고여 있는 도베의 공방으로 들어가자 벽에 등을 기댄 채 그을린 랑그레이와 그을린 쇠망치를 든 채 차가운 바닥에 쓰러져 있는 오토나시가 보였기에 나도 모르게 소리를 질러버렸다.

"잠깐! 무슨 일이 있었던 거야! 왜 그렇게 대미지를 입은 거냐고!"

"……아다만타이트를 기반으로 여러 금속을 접합하다가 실패해서 폭발했어."

"……분말 마법약의 양이 너무 많아서 연료가 너무 강하게 작용했던 게 원인이겠지."

허둥대며 두 사람을 살펴보던 나는 랑그레이와 오토나시의 말을 듣고 살짝 흘겨보았다.

"위험하잖아. 자, 메가 포션을 마시면 금방 회복할 거야."

"미안. 덕분에 살았다."

"고마워, 다음부터는 조심할게."

포기하지는 않는구나, 그렇게 생각하며 주위에 흩어진 마법약을 만져보며 확인했다.

"이건……"

발치에 떨어져 있던 실패작으로 보이는 아다만타이트와 미스릴 강판을 보았다.

묻어 있는 분말을 보니 [용열분]이라는 마법약을 단접제로 잔뜩 사용했다는 것을 알 수 있었다.

하지만 미스릴 강판 쪽에 구멍이 뚫릴 정도로 강한 폭발이 일어났는데도 아다만타이트 강판은 약간 일그러졌을 뿐이었다.

"역시 단독으로 완결된 특수 금속이라 합금으로 만들 수는 없나?"

"길드의 검증반이 도서관에서 조사한 내용대로 다른 금속하고 단접이나 합금 작업을 할 수가 없어."

보아하니 아다만타이트는 그 자체로 완결된 금속인 모양이었다.

그 때문에 랑그레이와 오토나시의 호기심으로 시작된 노력은 전부 다 경도가 뛰어난 아다만타이트로 인해 가로막히는 결과가 나왔다.

"휴우, 피곤하다~. 나는 잠깐 로그아웃해서 쉴게."

"나도 로그아웃해서 쉴 거야. 역시 칼을 계속 만드니 지치네."

두 사람은 뻐근한 몸을 풀려는 듯이 기지개를 켜고 팔을 돌린 다음 로그아웃했다.

나는 두 사람의 뒷모습을 보면서 푹 쉬라며 배웅했다.

그리고 도베의 공방을 바라본 뒤 좀 전까지 쓰던 마도로 앞에 앉았다.

"좋아, 해볼까!"

오른손으로는 애용하는 흑철제 망치를 쥐고 마도로에 아다만타이트 광석을 5개 투입한 뒤 녹기를 기다렸다.

그리고 녹인 아다만타이트를 틀에 흘려 넣고 주괴로 만들기 위해 두들기기 시작했다.

"으윽, 단단해!"

온 힘을 다해 망치를 내리쳤지만, 평소처럼 울려 퍼지는 듯한 금속음이 아니라 불쾌하고 둔탁한 소리가 울렸다.

실패라고 생각하면서 망치를 계속 내리쳤고, 시원한 금속음은 다섯 번에 한 번 정도만 울렸다.

오히려 단단한 금속을 망치로 내리친 반동 때문에 손이 저려서 점점 오른손의 감각이 사라지기 시작했다.

그럼에도 불구하고 오기로 망치를 쥐고 계속 내리쳤지만, 시원한 소리가 울리는 간격이 다섯 번에 한번에서 점점 더 뜸해졌다.

그리고 아다만타이트에서 열기가 빠르게 빠져나갔기에 재빠르게 화로에 다시 넣고 가열해야 하는데, 그 타이밍을 놓쳐서 주괴가 두 동강이 난 뒤 빛의 입자로 변해 사라졌다.

"어렵네…… 생각했던 것보다 더 까다로워."

나는 빛의 입자를 바라보면서 망치를 일단 내려놓고 마비된 것 같은 손을 주물렀다.

손이 저리는 이유는 스테이터스 부족으로 인한 반동 때문이다.

그밖에도 사용하고 있는 흑철제 망치를 채굴용 피켈처럼

운성강으로 바꿀 필요도 있다.

하지만 지금은 가지고 있는 도구와 스킬을 구사해서 할 수 있는 정도는 해볼 생각이었다.

"오랜만에 온 힘을 다해 도전해볼까. 《인챈트》── 어택, 스피드!"

나는 공격과 속도 강화 인챈트를 나 자신에게 걸었다.

그리고 인벤토리에서 꺼낸 강화 환약을 먹고 ATK를 일시적으로 강화시킨 뒤 망치를 다시 쥐었다.

다시 마도로에 녹인 아다만타이트를 틀에 흘려 넣고 망치를 내리쳤다.

"이번에야, 말로!"

연속으로 내리치는 망치의 손맛과 금속음이 조금 나아졌다는 것을 깨달았다.

하지만 그럼에도 [조금] 센스의 보조에 맞게 진행하지는 못하고 횟수가 늘어날 때마다 조금씩 때리는 타이밍이 어긋나기 시작했다.

"크윽, 역시 아직 때리는 속도가 부족한가!"

더 빠르게, 더 정확하게, 그렇게 생각하면서 열이 빠지기 시작한 주괴를 화로 안에 다시 넣고 숨을 돌렸다.

그리고 그제야 생각났다는 듯이 느껴지는 열기와 흘러내리는 땀을 보고 [열기 대미지]를 꽤 많이 입었다는 사실을 깨달았다.

"마기 씨, 랑그레이, 오토나시도 이런 더위 속에서 작업을 했던 건가……."

아무리 [내열 효과]를 부여한다 해도 아다만타이트를 제련하는데 필요한 온도는 견디기 힘든 환경이다.

게다가 숨을 돌리는 동안에도 화로의 화력을 유지하느라 MP가 계속 줄어들고 있기 때문에 시간을 낭비할 수는 없다.

"다시 시작이다!"

열기를 되찾은 주괴를 꺼내 다시 두들기기 시작했다.

그리고 그 작업을 반복하다가 화로에 주괴를 다시 넣을 때 조금씩 줄어드는 HP와 MP를 확인하고 인챈트로 스테이터스를 때우면서 계속 도전하다가—— 실패했다.

"역시…… 이건 힘드네."

이번에는 내가 쓰러질 뻔했지만 주괴를 계속 두들겼다.

모두 합쳐 다섯 번 정도 아다만타이트에 도전했고, 그때마다 온 힘을 다해 두들겼다.

"……휴우, 이것도 실패인가?"

두들기는 숫자가 늘어나자 들어 올린 망치가 무겁게 느껴졌고 내 생각대로 두들길 수가 없었다.

그렇게 한계에 아슬아슬하게 다가간 상태로 나는 망치를 내리쳤다.

그 충격으로 인해 주괴가 부서지고 빛의 입자로 변해 사라졌다.

"으아아앗, 느낌만 놓고 보면 아직 부족한데!"

아다만타이트를 주괴로 만드는데 나 자신에게 부족한 부

분이 있고, 그걸 뛰어넘더라도 주괴를 액세서리로 가공하는 것까지 감안하면 허들이 더 높게 느껴졌다.

하지만 실패해도 내 안에서는 경험치가 쌓여 센스가 성장하고 있다.

"다시 하자……. 아니, 이제 아다만타이트가 없네……."

결국 내 아다만다이트 주괴 제작 도전은 실패로 끝났고, 시간도 꽤 많이 지났기에 일단 로그아웃했다.

그리고 타쿠의 [흑의 가드링]을 아다만타이트로 만드는 것을 포기하고 밤에 로그인했을 때는 원래 예정대로 [운성강]으로 만들기 위해 소재를 모았다.

사역 MOB인 뤼이와 자쿠로를 데리고 공룡 평원으로 온 나는 하늘에서 랜덤으로 떨어지는 운석을 쫓아가 [운성 광석 조각]을 모았다.

"뤼이. 항상 태워줘서 고마워. 자쿠로도 모으는 걸 도와줘서 고마워."

나를 태우고 평원을 이리저리 달려가는 뤼이와 꼬리 세 개를 자유자재로 움직여 흩어진 광석 조각을 모아준 자쿠로에게 고맙다는 인사를 했다.

예비까지 포함해서 [운성 광석 조각]을 모은 다음 [공룡 평원]의 세이프티 에리어로 돌아와 사역 MOB들과 즐겁게 지냈다.

뤼이의 하늘하늘한 갈기를 쓰다듬고 몸을 빗질해주거나 자쿠로가 보채자 온몸을 마사지해주기도 했다.

그때 그림 리퍼가 드롭한 [향주머니]를 꺼낸 뒤 밤하늘을 올려다보니 마음이 편해지는 듯한 냄새와 분위기 덕분에 온 몸의 긴장이 풀렸다.

"응. 지금이라면 좋은 걸 만들 수 있을 것 같은 기분이 들어."

적당히 힘이 빠져서 편안한 마음으로 느긋하게 시간을 보냈다.

잠깐 주위를 둘러보니 멀리서 [운성 광석 조각]을 모으기 위해 뛰어다니는 플레이어들이 보였다.

분명 나와 마찬가지로 [운성강] 주괴나 [별] 심볼을 원하는 플레이어겠지, 그렇게 생각하며 그날은 느긋하게 지냈다.

그리고 원정 7일째에는 다시 마도로 앞으로 돌아왔다.

"좋았어, 오늘도 해볼까!"

소재를 모으고 기운도 차렸다.

아다만타이트로 만드는 건 포기했지만, 그래도 좋은 장비를 만들겠다는 생각은 있다.

바로 [운성 광석 조각]을 넣고 흘러나온 금속을 흑철 망치로 두들기다가 눈치챘다.

"아, 왠지 손맛이 엄청 좋은데."

아다만타이트 광석을 두들기면서 고생했기 때문일 것이다.

[운성강]을 내리친 첫 번째 손맛이 확실히 느껴졌다.

그 뒤로도 리듬을 타서 망치를 휘두르자 몸속까지 기분 좋은 금속음이 울려 퍼졌다.

예전에 혼자서 처음으로 [운성강] 주괴를 제련했을 때와 비교하면 결코 간단하거나 편해진 것은 아니었다.

"이 적당한 긴장감…… 정말 좋은데!"

아다만타이트 광석을 두들기다 보니 나도 모르게 금속을 정확히 두들기는 능력이 단련된 건지도 모르겠다.

"좋았어, 완성! 그리고 이걸 써서 마무리!"

그렇게 실수하지도 않고 [운성강]을 주괴로 만들 수 있었고, 그대로 기세를 살려 타쿠의 [흑의 가드링]을 업그레이드하기 시작했다.

흑철제 망치로 두들겨서 반지와 똑같은 형태로 만들어 나갔다.

반지의 디자인이 단순했기에 자잘한 부분을 조정할 필요는 없지만 흑철의 색이 [운성강]의 남색으로 바뀌기 때문에 색만큼은 검은색으로 맞추기 위해서 수고를 들였다.

"자, 이걸 쓸까."

아직 뜨거운 [운성강] 반지 표면에 [이동백]에서 짜낸 동백기름을 빈틈없이 발라 화력을 낮춘 화로의 불꽃에 그을렸다.

그 작업을 몇 번 반복하자 기름이 증발해서 까맣게 변했고, 윤기 있는 피막이 [운성강] 반지 표면을 뒤덮었다.

"마지막 마무리는 [셰이드 진한 녹색 염료]에 졸여서 깔끔하게 만들고."

리리가 키우고 있는 [셰이드 결정수]로 만든 액체 염료를 작은 냄비에 붓고 마도로의 열기로 끓였다.

　그 안에 기름을 바른 반지를 넣자 달궈진 반지의 열로 인해 염료가 끓어올랐다.

　"이제 30분 정도 이대로 졸이면 되겠지."

　이렇게 하면 남색이었던 금속의 표면이 염료 앙금으로 인해 까만색으로 변할 것이다.

　이렇게 표면을 처리하는 방법은 [조금] 기법 중 하나다.

　스테이터스에는 변화가 없지만 금속 장비의 표면에 피막을 만들어서 내구도를 조금 올릴 수 있는 도금 같은 방식이다.

　"자, 이 정도로 졸이면 되려나? 응, 색이 꽤 괜찮네."

　까만 피막으로 덮어서 자연스러운 윤기가 생긴 반지의 물기를 털어내면서 스테이터스를 확인했다.

흑의 가드링 [장식품] (중량:1)

DEF+20, 추가효과 : DEF 보너스, ATK 인챈트, DEF 인챈트, INT 커스드, 신체 계열 상태이상 내성 (소), 내구도 향상 (중), 장비 중량 경감 (소)

　"음~. 뭐, 이 정도면 되겠지."

　만족스러운 액세서리를 만들 수 있었다.

　추가효과가 많이 붙었고, [운성강] 소재의 특성으로 [장비 중량 경감]이 있다.

　그 때문에 뮤우와 세이 누나의 액세서리와는 달리 새로운 추가효과를 부여할 수 있는 용량은 없다.

"뭐, 일단 수리하고 업그레이드가 끝났다고 전해줄까."

나는 프렌드 통신으로 뮤우와 다른 사람들에게 메시지를 보낸 뒤 일을 한 가지 무사히 마칠 수 있었다.

6장   지저 에리어와 용융석

10일 연휴인 골든 위크도 벌써 8일째.

장기 연휴를 활용한 대규모 원정도 이제 며칠 남지 않았다.

뮤우와 다른 사람의 액세서리를 수리하고 업그레이드하는 일을 마친 나는 [아트리엘]에서 작업을 하고 있었다.

"쿄코 씨, 화분에 흙하고 비료를 섞었는데 이런 느낌이면 괜찮을까?"

"네, 이제 집게손가락 두 번째 관절 정도 깊이로 구멍을 파고 그 안에 씨앗을 넣은 다음 살짝 흙을 덮으세요."

쿄코 씨의 지시에 따라 화분에 씨앗을 심고 있었다.

[팔백만]의 대규모 원정에서 처음 목적이었던 드워프의 나라에 도착했기 때문에 이제 느긋하게 [아트리엘]에서 지낼 생각이었다.

"좋았어, 화분에서 어느 정도 키우면 옮겨심어야지."

색이 다른 두 화분에는 [연금] 스킬인 하위 변환으로 씨앗으로 만든 [세피라의 과실]과 [다아트의 과실] 씨앗을 심었다.

나는 밭의 흙과 중급 비료를 듬뿍 섞은 화분을 [아트리엘]에 인접해 있는 유리 하우스 온실로 NPC 쿄코 씨와 함께 옮겼다.

그 뒤에서 새로운 과일나무에 흥미가 생겼는지 뤼이와 자쿠로가 우리를 따라왔다.

"윤 씨, 또 신기한 식물 씨앗을 모아오셨네요."

"그렇지. 조만간 약초밭 말고도 과일 계열 나무를 모아서 과수원을 만들고 싶어."

내가 그렇게 중얼거리자 애교 있게 생긴 쿄코 씨가 즐겁게 웃었다.

그리고 온실 유리 하우스 구석에 내려놓자 뤼이가 화분 위에 물덩이를 만들어내 살며시 물을 뿌리는 모습을 지켜보면서 쿄코 씨와 이야기를 나누었다.

"내가 원정을 떠난 동안 무슨 문제 없었어?"

"밭 같은 곳에서 수확한 건 평소처럼 문제가 없었어요. 그런데 포션 같은 소모품이 잘 팔려서 보충해주셨으면 하네요."

"알았어. 역시 휴일에는 로그인하는 사람이 많아서 잘 팔리는구나."

메가 포션과 MP 포트, 회복량이 큰 소생약 등 일부 고성능 아이템은 여전히 구입 제한을 걸고 있다.

하지만 그렇지 않은 상품은 조금씩 구입 제한을 완화하고 있다.

범용성이 큰 아이템은 많은 생산직들이 만들어서 시장에 넘쳐나고 있다.

그래서 일부러 구입 제한을 걸 필요가 없어졌기 때문이다.

"그리고 아이템을 사재기하려고 한 손님도 몇 번 와서 경고하거나 양해를 부탁한 뒤에 구입 제한에 걸릴 정도로만 판매했어요. 그러니 그 손님이 구입하려 한 아이템은 재고를 좀 넉넉하게 부탁드릴게요."

"그건 그렇고 사재기라니. 아이템의 중간 소재로 쓸 생각인지, 아니면 특수한 레벨 업에 사용할 생각인지, 그냥 되팔이를 할 생각인가? 뭐, 일단 알겠어."

물론 수요가 늘어나도 사재기를 하는 플레이어가 있기 때문에 구입 제한을 없애지는 않고 구입 숫자를 늘리는 정도로만 대처하고 있다.

나는 쿄코 씨에게 밭 관리를 맡기고 [아트리엘]의 공방에 틀어박혔다.

"역시 내 가게를 방치하고 계속 원정에 참가하면 문제가 있구나."

마기 씨와 리리, 클로드도 원정에 참가하면서도 시간을 내서 가게로 돌아와 가게 관리나 무기 등의 주문, 수리를 맡고 있었다.

나는 주로 소모품을 다루기에 주문을 받지는 않지만 줄어든 상품은 적당히 보충할 필요가 있다.

그래서 지금도 하이 포션이나 MP 포션, 상태이상 회복약 등을 조합하면서 가게 쪽에서 말을 거는 플레이어들에게 대답하고 있었다.

"아, 오늘은 윤 씨가 있네!"

"가게에 뤼이하고 자쿠로가 있길래 혹시나 싶었는데 정말 있어!"

가게로 들어온 사람은 항상 방문해주는 여성 2인조 플레이어였다.

나는 공방에서 가게로 넘어와서 카운터 너머로 인사했다.

"어서 와. 항상 이용해줘서 고마워."

"[팔백만]의 원정에 참가했다고 하길래 계속 자리를 비우나 싶었어. 그럼 나는 하이 포션 20개하고 MP 포션 10개."

"나는 하이 포션 회복량 제한 걸려서 옐로우 포션 30개하고 소생약은 구매 제한량인 5개."

그녀들에게 주문을 받고 카운터 뒤쪽에 있는 아이템 박스에서 아이템을 꺼냈다.

내가 상품을 준비하는 동안――'회복량 제한 걸렸으면 메가 포션을 사지 그래?', '메가 포션은 가격이 좀 비싸고 많이 살 수가 없잖아.', 여성 플레이어들이 그렇게 구입 제한에 대해 말했기에 쓴웃음을 지을 수밖에 없었다.

"미안해. 메가 포션은 소재하고 수고 때문에 제한을 걸고 있어서."

"아뇨! 아뇨! 별말씀을! 여기에서 파는 메가 포션은 다른 곳보다 저렴하고 성능도 좋으니까요!"

"그래요! 윤 씨가 신경 쓰실 필요 없으니까요! 저희도 조금 분발하면 살 수 있을 정도니까요! 오히려 메가 포션 하나만 사더라도 전투를 벌일 때 안심이 되고요. 앞으로는 많이 살 수 있을 정도로 강해질 것 같다는 기분이 들어요!"

허둥대며 위로해주는 여성 플레이어들을 보니 살짝 웃음이 나와서 인벤토리 안에서 아이템을 꺼냈다.

"고마워. 그럼 두 사람이 열심히 할 수 있게끔 과자를 서비스로 줄게. 쉴 때 먹어."

내가 예전에 넉넉하게 만들었던 레이즌 버터 샌드를 세 개씩 건넸다.

그걸 받은 2인조 여성 플레이어는 눈을 반짝였다.

"우와, 정말 받아도 되나요?!"

"앗싸, 윤 씨가 직접 만든 과자다!"

일단 [요리] 센스를 사용하고 한산포도 레이즌으로 만들었기 때문에 어느 정도 효과는 있다.

기쁘게 받아든 두 사람이 계산을 마치고 모험을 떠나는 모습을 미소를 지으며 배웅했다.

"역시 나한테는 이쪽이 잘 맞는 것 같아."

좋아하는 일을 하면서 느긋하게 지내다가 가게를 보면서 플레이어들과 가볍게 교류한다.

"좋아, 계속 조합해볼까!"

모험을 떠나는 플레이어에게 의욕을 나눠 받고 가게에 보충할 소모품 등을 만들어 나갔다.

하지만 익숙해진 작업이었기에 금방 필요한 분량을 만들 수 있었다.

그래서 한가해지자 연휴라 조금 많아진 손님들을 상대하며 느긋하게 시간을 보냈다.

나머지 휴일은 이대로 지내면 좋겠는데……, 그렇게 생각했지만 그럴 수는 없는 모양이었다.

"윤, 실례하마."

"아, 클로드. 무슨 일이야? 이쪽으로 직접 오다니."

신기하네, 나는 그렇게 생각하면서 카운터 너머로 클로드에게 인사했다.

"[생산 길드] 쪽 일로 일손을 빌렸으면 해서 말이지."

"일손을 빌려?"

내가 고개를 갸웃거리자 클로드가 이야기하기 시작했다.

"드워프 왕 도베의 공방에서 마도로를 무료로 빌릴 수 있는데, 그걸 보고 어떻게 생각했지?"

"어떻게? 음, 잔뜩 늘어서 있네라고 생각했는데. 다섯 개나 있었지?"

"그래. 하지만 생산직들이 한 번에 수십 명씩 몰리면 어떻게 될 것 같아?"

"앗⋯⋯."

클로드가 지적하는 걸 보니 그렇게 수십 명씩 한 번에 몰리는 사태가 발생할 수도 있다는 건가?

"그렇게 되면 혼잡해지겠지? 2인 1조로 쓴다 해도 한 번에 쓸 수 있는 건 열 명 정도니까. 그래도 그 마도로 공간만 다른 서버로 여러 개 마련해두었을지도 몰라."

"그럴 가능성도 있지. 하지만 그래도 출입구는 혼잡해질 텐데. 그리고 더 상황이 안좋아질 경우에는 어떤 길드가 그 출입구를 물리적으로 독점할 가능성도 있다."

그런 경우에는 공방의 주인인 도베가 쫓아내려나? 조금

신경 쓰인다.

"뭐, 이미 그렇게 될 수도 있다는 걸 예상하고 있어서 말이지. 마도로를 일찌감치 [생산 길드] 쪽에 설치할 생각이다. 그렇게 하면 무료까지는 아니더라도 예약을 받아 대여해주면서 이용하는 사람들을 관리할 수 있으니까."

"그러고 보니 필요한 소재 중에 모으기 쉬운 것들은 미리 모으고 있었지."

"그래, 우선 초 내열 벽돌하고 보스 MOB의 레어 드롭 아이템을 제외한 소재는 일곱 대 분량을 마련했다. 나머지 소재는 [팔백만] 멤버들과 함께 모을 예정이다."

보아하니 미카즈치네 길드도 길드에 세 대를 설치할 생각인 모양이라 모두 합쳐서 열 대 분량의 소재를 모으려 하는 것 같았다.

"그 소재를 모으는데 사람이 필요하다. 그래서 윤이 초 내열 벽돌의 소재를 모으는 걸 도와줬으면 하는데."

소재 모으기는 OSO에서 내 얼마 없는 특기이다.

하지만 길드 [팔백만]이나 [생산 길드]에 가입하지 않았기 때문에 클로드가 내게 이런 이야기를 하는 이유를 알 수가 없었다.

"뭐, 윤에게는 이익이 없는 이야기지. 네가 모은다면 시끌벅적한 와중에 공짜로 모으는 것보다는 시가가 정해졌을 때 돈으로 사려 할 테니까."

"그럼 왜 그 이야기를……."

클로드는 내게 이익이 없다는 사실을 쉽사리 인정했다.

하지만 그 뒤로 이어지는 이야기를 들으니 내게 제안한 이유를 납득할 수 있었다.

"이건 깜짝 선물 같은 거다. [팔백만]과 [생산 길드]가 필요한 만큼 마도로를 만들 예정인데, 모으고 남은 소재를 어떻게 할지 의논했거든."

"그럼……."

"썩힐 거라면 평소에 신세를 지고 있는 대장장이인 마기에게 마도로를 선물하자는 이야기가 나왔다."

마기 씨는 지금까지 많은 플레이어에게 금속제 무기와 방어구를 계속 제공해주었다.

그 실적 등을 고려해서 마기 씨에게 마도로 한 대 분량의 소재를 선물하면서 앞으로도 더 강력한 무기를 만들어달라고 하려는 모양이었다.

"그렇구나. 그런 거라면 나도 온 힘을 다해 도울게. 마기 씨에게는 신세를 많이 졌으니까."

그렇게 마기 씨에게 깜짝 선물을 한다면 얼마든지 도울 생각이 있다.

"그래서 내가 뭘 도우면 되는데?"

"윤은 나와 함께 [초 내열 벽돌]의 소재 중 하나인 [용융석]을 모으는 걸 도와줬으면 한다. 지하 계곡의 바닥에서 이어지는 지저 에리어라는 곳에서 모을 수 있지."

드워프 왕 도베가 가르쳐준 필요 소재 내용에 따르면 [초 내열 벽돌]은 벽돌용 점토와 [용용석] 등 여러 종류의 소재를 섞어서 구울 필요가 있는 모양이다.

"우선 열 대 분량의 [용용석]은 1000개 모을 필요가 있다."

"1000개라. 많은 건가? 뭐, 조금씩이라도 모아보자. 그런데 지저 에리어란 말이지. 우리끼리 지하 계곡 바닥까지 갈 수 있을까?"

"갈 때는 미카즈치와 네 누나가 파티를 짜주기로 되어 있다."

뭐야, 결국 이번 골든 위크 때는 나와 세이 누나, 미카즈치, 클로드 파티로 고정이네. 그렇게 생각하니 살짝 쓴웃음이 나왔다.

그리고 나는 리리와 자쿠로를 소환석으로 되돌리고 클로드와 함께 지하 계곡 중층의 포탈로 전이했다.

그곳에서는 세이 누나와 미카즈치가 먼저 와서 기다리고 있었다.

"세이 누나, 미카즈치, 안녕."

"윤, 와줘서 고마워."

"마기 씨에게 깜짝 선물을 준다며? 도우러 왔어."

세이 누나와 인사를 나누고 수리했지만 줄 기회가 없었던 액세서리를 돌려주었다.

"맞다. 이거, 업그레이드해서 수리했어."

"와아! 다행이다, 고칠 수 있었구나! 고마워, 윤!"

반지에 금이 갔을 때 슬퍼해준 세이누나였지만, 수리하여 전달하자 매우 기뻐해주었기에 생산직으로서는 기쁘기도 했고 약간 쑥스럽기도 했다.

세이 누나는 받아든 반지를 바로 손가락에 끼고 기뻐하며 바라보았다.

그런 세이 누나 뒤에서 나를 들여다보던 미카즈치가 말을 걸었다.

"뮤우하고 타쿠네가 이미 지저 에리어에 따로 와 있는데 아직 [용융석]을 10분의 1도 못 모았어."

"무슨 이유라도 있는 거야?"

"뭐, 그건 실제로 보는 게 낫겠지."

그렇게 이야기를 나눈 뒤, 나는 미카즈치의 뒤를 따라 지하 계곡을 내려갔다.

구불구불한 길을 나아가자 지표면에서 새어 나와 계곡 벽을 타고 흐르는 물이 모여서 독특한 습기와 싸늘함이 느껴졌고, 어두운 지하 계곡을 빛나는 이끼 같은 것들이 희미하게 비추었다.

"미끄러져서 떨어질 수도 있으니까 조심해. ……아니, 이 높이에서는 소생약을 쓸 수 있으니까 바닥으로 떨어진 다음에 부활하는 게 시간을 더 단축시킬 수 있으려나?"

"그렇게 위험한 방법은 안 해……"

미카즈치가 선두에 서서 적 MOB을 해치우고 세이 누나가 뒤쪽에서 얼리는 한편, 나와 클로드는 이끼와 젖은 바위에 발이 미끄러지지 않게끔 조심히 나아갔다.

그리고 계곡 바닥에는 발목 근처까지 차가운 물이 고여 있었고, 벽이나 바닥의 작은 균열에서 물이 새어 나와 어딘가로 흘러가고 있었다.

그런 지하 계곡 바닥을 하얀 숨을 내쉬며 둘러보았다.

"우와…… 멋진 광경인데. 그리고 엄청 추워."

지하 계곡 바닥으로 내려가자 추위가 느껴졌고, 동복 오커 크리에이터를 입고 있는데도 견딜 수가 없어서 [핫 드링크]까지 먹으며 이동했다.

"자, 저기가 지저 에리어로 통하는 전이용 오브젝트야."

미카즈치가 손가락으로 가리킨 곳에는 약간 높은 곳에 받침대 같은 전이 오브젝트가 마련되어 있었다.

나는 발치의 물을 튀기지 않게끔 천천히 걸어서 받침대 쪽으로 다가갔다.

우리는 약간 높은 받침대 위로 올라가 발치에 있는 오망성 오브젝트 안으로 들어갔다.

"자, 각오해라! 이 너머가 지저 에리어야!"

"저기, 각오하라니. 무슨——"

갑자기 살벌한 말을 하는 미카즈치에게 그 이유를 물으려 했지만, 내 말을 가로막으려는 듯이 발치에 있던 오망성이 빛났고 우리는 지저 에리어로 전이되었다.

●

받침대 아래에 있던 오망성이 빛났고, 한순간 눈을 감은 나는 눈꺼풀 너머로 느껴지는 빛이 사그라들자 천천히 눈을 떴다.

"……여기가 지저 에리어."

적갈색 넓은 대지에는 금이 가 있었고, 그 틈새로 붉은빛이 계속 깜빡이고 있었다.

위쪽은 어둠으로 둘러싸인 암흑 같은 하늘 같기도 했지만, [하늘의 눈]의 암시 성능으로 보니 천장이 있다는 걸 알 수 있었다.

"지저 에리어라고 하기보다는 지옥이라고 하는 게 낫겠네."

먼 곳에는 뮤우가 말했던 인공 탑 같은 것이 지금 있는 전이 오브젝트 받침대에서도 보였다.

그리고 무엇보다——.

"엄청 더워! 아니, 너무 더워!"

[냉기 대미지] 때문에 약간의 통증과 손끝이 얼어붙을 것처럼 춥던 지하 계곡에서 [열기 대미지]가 발생할 정도로 뜨거운 작열지옥 같은 지저 에리어로 날아왔기에 나도 모르게 소리를 질러버렸다.

급하게 방어구를 하복 사양 오커 크리에이터로 전환하고 쿨 드링크를 마시며 숨을 돌렸다.

"아하하하, 예상했던 반응을 보여주네."

"으……, 뮤우에게 덥다는 이야기를 듣긴 했는데 이 정도일 줄은 몰랐어. 미리 말해줘도 되잖아."

토라진 듯이 그렇게 중얼거린 내게 미카즈치가 살짝 웃고 사과하며 대답해주었다.

"미안, 미안. 그래도 먼저 온 사람들하고 조금 비슷한 체험을 했으니까 좋잖아? 그리고 말이지──."

"꺄악?!"

그렇게 말한 미카즈치가 팔을 뻗어 세이 누나를 끌어안았다.

"세이가 더 치사하다고. [빙속성 재능] 센스의 부차적인 효과로 [냉기 대미지]를 경감시키고 세이가 마법으로 냉기를 뿜어내니까 더운 곳에서 찰싹 달라붙으면 시원해서 기분이 좋아."

"잠깐, 미카즈치! 창피해, 그만하라고!"

부끄러운 듯이 몸을 비틀어서 미카즈치에게서 빠져나온 세이 누나.

그 모습을 보고 나와 클로드는 조용히 바라보고만 있었다.

세이 누나의 약간 새로운 모습을 본 것 같다는 생각이 들었다.

"으, 음! 그럼 윤, 클로드 군! 포탈을 등록한 다음에 [용융석]을 모을 수 있는 곳으로 가자."

세이 누나는 아무렇지도 않다는 듯이 헛기침을 하면서 우리가 정신을 차리게 만들었다.

전이 오브젝트 받침대 옆에 있는 포탈에서 새로운 전이 장소를 등록한 다음 미카즈치 일행과 함께 목적지로 향했다.

"그런데 우리가 어디로 가고 있는 거야?"

"용암 호수 근처야. 봐, 저기."

지저 에리어의 포탈에서 서쪽 언덕을 손가락으로 가리킨 미카즈치와 함께 언덕 꼭대기까지 이동했다.

그 언덕 건너편에는 아래쪽으로 움푹 들어간 밥그릇 모양 분지가 펼쳐져 있었고, 그 가운데에는 용암 호수가 있었으며 그 안을 천천히 헤엄치고 있는 거대한 바위 덩어리가 보였다.

"……저게 뭐야?"

"저게 바로 [용융석]을 채굴할 수 있는 초특급 MOB인 마그마 기간테야."

용암 호수의 용암을 두르고 그것이 식어서 굳은 암석 껍질을 지니고 있는 마그마 기간테.

주기적으로 용암 호수에서 분지로 올라와 일정한 코스를 돌아다닐 때 껍질 암석 일부가 자연스럽게 벗겨져서 떨어진다. 그 암석을 채굴하면 [용융석]이 섞여 있을 경우가 있다.

하지만 마그마 기간테에게서 벗겨진 소재를 모으기만 하는 방법으로는 목표 수치인 1000개를 다 모으려면 시간이 오래 걸리는 모양이다.

"그러니까 마그마 기간테의 껍질을 벗기자."

"아니, 아니. 못하지! 그랜드 록하고 크기가 비슷한 보스를 쓰러뜨릴 수 있을 리가 없잖아!"

"딱히 쓰러뜨리자는 건 아니야. 등에서 채굴하자는 거지.

하지만 용암의 열기도 있고 등에 계속 있다가는 용암 호수
에 함께 가라앉게 될 뿐이지."

"그런 즉사 코스 같은 건 싫어어어어어!"

내가 비명을 지른 것에 대답하는 듯이 어두운 지저 에리
어에 묵직한 포효 소리가 울려 퍼졌다.

『GYAOOOOOOOOOOOOOO——.』

용암 호수에 떠 있던 마그마 기간테가 껍질에 둘러싸인
얼굴을 들고 포효하자 등에 붙어 있던 암석이 붉게 달아오
른 듯이 빛나기 시작했다.

그리고 안쪽에서 폭발한 듯이 암석 껍질이 부서지고 하늘
위로 날아갔다.

그것들은 수없이 많은 크고 작은 용암탄으로 변한 뒤 분
지 주변에 있던 플레이어 머리 위로 쏟아져 내렸다.

하지만 플레이어들도 이미 대처하는 방법을 알고 있었는
지 집단으로 방어마법을 펼쳐 용암탄을 막아내고 있었다.

그 광경을 보고 나는 벌벌 떨었다.

"정말 무시무시한 즉사급 공격을 날리는구나."

"하지만 저 공격으로 쏟아져 내리는 용암탄도 일단은 껍
질에서 벗겨진 채집물이라서 [용융석]을 채굴할 수 있어. 그
래도 많이 모을 수가 없단 말이지."

미카즈치가 하는 말을 흘려들으면서 용암탄을 피한 플레
이어들을 보니 곧바로 협력해서 용암탄을 부순 다음 [용융
석]을 찾고 있었다.

"이봐~! 도우미를 데리고 왔어~!"

"아~! 윤 언니, 세이 언니!"

미카즈치가 그렇게 작업하고 있던 플레이어들에게 말을 걸면서 분지로 내려가자 곧바로 뮤우가 이쪽을 알아보고 달려왔다.

"와아, 세이 언니 시원해. 휴우, 살겠네."

"잠깐, 뮤우?!"

"뮤우도 달라붙네?!"

뮤우가 나와 세이 누나를 끌어안자 깜짝 놀라 소리쳤다.

둘이서 곤란한 듯한 표정을 지으면서도 떼어내지 못하는 이유는 뮤우의 응석을 받아주기 때문인 걸까.

그리고 잠시 우리를 끌어안고 있던 뮤우는 만족했는지 물러섰다.

"윤 언니도 도와주러 왔구나!"

"뭘 할 수 있는지 모르겠지만 도우러 왔어. 그리고 자, 뮤우는 이거."

나는 수리하기 위해 뮤우에게 맡아두었던 액세서리를 건넸다.

"와아! 제대로 고쳐졌네! 그리고 성능도 올라갔어! 대단해!"

"그래, 그래. 우선 방금 그 용암탄에서 채집할 수 있는 아이템 정도는 모아볼까."

나는 인벤토리에서 운성강 피켈을 꺼낸 뒤 주위를 대충 살펴보았다.

다른 플레이어들을 보니 나뉜 다음 커다란 용암탄을 부순 뒤 채굴해서 소재를 모으고 있었다.

"나는 커다란 용암탄에서 모아볼까."

시간이 지나면 용암탄 같은 오브젝트는 자연적으로 사라져버린다.

바로 떨어질 때 크레이터를 만들어낸 내 키 만한 용암탄을 발견한 뒤 피켈을 내리쳤다.

표면이 식긴 했지만 내부에 아직 열량이 남아있던 용암탄이 틈새에서 고온 가스를 뿜어내기 시작했다.

"으앗?! 뜨거워!"

"──《아이스 에이지》!"

그렇게 고온 가스를 뿜어내는 용암탄을 세이 누나가 빙속성 마법으로 재빠르게 식히자 뿜어져 나오던 가스가 사그라들기 시작했다.

"윤, 괜찮아? 대미지를 입은 거야?"

"고마워, 세이 누나. 그냥 깜짝 놀랐을 뿐이야."

나는 세이 누나에게 고맙다는 인사를 하면서 다시 용암탄에 운성강 피켈을 내리쳤다.

그리고 느껴지는 손맛으로 따져보니 지하 계곡의 채굴 포인트 정도로 단단한 것 같았다.

대충 채굴하다가는 도구가 먼저 부서져버릴 것 같았다.

하지만 아다만타이트 광석까지 채굴할 수 있는 운성강 피켈은 착실하게 커다란 용암탄을 부쉈고, 그 안에서 회색 덩어리를 얻을 수 있었다.

용융석 [소재]
마그마 기간테의 몸 표면에서 새어 나오는 가연성 체액과 용암
이 섞여서 굳은 물질. 금속 용접제 중에서는 최고급품이라 할
수 있다.

용암탄을 더 부수다 보니 철과 흑철, 은, 미스릴, 아다만
타이트 등 여러 가지 광석을 채굴할 수 있었다.

그 모습을 보고 있던 미카즈치가 손뼉을 살짝 치면서 말
을 걸었다.

"재수가 좋은데. 역시 운이 좋아. 그렇게 하나를 얻기도
꽤 힘들거든."

"뭐, 실제로 채굴해보니 대충 알겠어."

나는 시간이 지나 자연적으로 사라지는 용암탄 오브젝트
를 보며 중얼거렸다.

커다란 용암탄은 마그마의 열기를 품고 있기에 다가가기
도 위험하고, 무엇보다 크고 단단해서 그에 맞는 장비가 없
으면 채굴 효율이 나오지 않는다.

그런 와중에 필요한 [용융석]을 채굴할 수 있는 숫자는 겨
우 하나.

내가 채굴할 수 있었던 것은 [채굴 보너스]가 붙어 있는
약간 희귀한 장비인 [도어부의 철륜]과 광석 계열 채집, 채

굴 확률이 약간 올라가는 [육황귀의 메달]을 가지고 있기 때문에 다른 사람보다 더 잘 나오는 것뿐이다.

목표 수치인 1000개를 그냥 모으기보다는 대량으로 확보하는 방법을 알아내고 싶다는 이유도 이해가 되었다.

그리고 나는 피켈을 들쳐메고 뮤우와 세이 누나의 안내를 받아 용암 호수 주변을 잠시 탐색했다.

"좋았어! 다음은 저쪽에 있는 커다란 용암탄을 부수자! 서둘러! 차례대로 사라질 테니까!"

마법사가 풍속성, 수속성 마법으로 커다란 용암탄의 열기를 없애자 채굴 담당 플레이어가 용암탄을 두들겨서 부순 뒤 [용융석]을 찾았다.

그동안 용암 호수 주변에 있는 적 MOB에게 공격당하지 않게끔 전투 계열 플레이어가 주위를 경계했다.

열 명 정도가 한 그룹을 이루어 그렇게 작업하며 [용융석]을 찾고 있었다.

그 작업 그룹 중에서 낯익은 플레이어들과 마주쳤다.

"아까 뮤우가 뛰어가던 모습이 보이던데, 역시 윤이 왔구나."

"타쿠, 고생 많네. 좀 전에 뮤우하고 세이 누나에게도 줬는데, 자."

[용융석]을 채굴하는 사람들을 호위하고 있던 타쿠와 타쿠네 파티를 만났다.

그때 인벤토리에서 수리한 액세서리를 꺼내 무사히 건넸다.

"땡큐, 그런데 보기에는 별로 달라진 것 같지 않네."

"까맣게 보이게끔 표면을 피막으로 처리해서 그래. 사용한 소재는 [운성강]으로 강화시켰어. 내 피켈하고 같은 소재야."

좀 전에 용암탄을 부쉈던 피켈을 타쿠에게 보여주자 내 뒤에 있던 뮤우가 부럽다는 듯이 말했다.

"부럽다~. 나도 윤 언니하고 맞추면 좋겠는데."

"아니, 그냥 소재만 같은 거야. 딱히 맞춘 것도 아니고."

내가 뮤우에게 태클을 거는 한편, 타쿠는 바로 받은 액세서리를 장착했다.

"[운성강] 액세서리 시세가 300만 G가 넘지 않았나?"

"소재는 전부 내가 모은 거라 돈은 안 들었어. 뭐, 소재값만 생각하면 100~150만 G 정도려나?"

내가 가격에 대해 말하자 타쿠의 표정이 진지해졌기에 급하게 덧붙여 말했다.

"따, 딱히 돈을 내라는 말은 아니야! 굳이 말하자면 내 [조금] 센스로 만든 아이템을 시험해주는 테스터니까 공짜로 준 거라고!"

"알았어. 그래도 도움이 필요하면 말하라고."

타쿠가 진지한 표정으로 그렇게 말했기에 고개를 끄덕이자 평소 분위기로 돌아왔다.

"그건 그렇고 원래 중량이 1인데 [장비 중량 경감]이 달려 있구나."

"그건 사용한 [운성강] 소재에 붙어 있는 추가효과야. 1이
하로는 내려가지 않으니까 쓸데없는 추가효과 같긴 한데."

"아니, 그렇지도 않을걸? 나중에 업그레이드할 때 무게가
나가는 소재를 써도 추가효과가 이어질 테니 나중에는 의미
가 있지 않을까?"

예를 들어 중량 1인 [운성강]에서 아다만타이트로 강화시
킬 때 액세서리의 중량이 3으로 늘어날 가능성이 있다. 그
럴 경우 [장비 중량 경감] 추가효과가 이어져서 중량이 3에
서 2로 경감될 수도 있을 것이다.

"그렇구나, 그렇게 생각할 수도 있겠어."

"고마워. 소중히 쓰도록 할게."

그리고 채굴하는 사람들을 호위하러 돌아가는 타쿠를 보
내고 내가 뮤우, 세이 누나 일행과 함께 이 용암 호수의 주
위를 관찰하다가 어떤 사실을 깨달았다.

"저기, 왜 다들 커다란 용암탄을 채굴하고 있는 거야?"

마그마 기간테가 날린 용암탄은 크고 작은 것들이 주위에
흩어져 있었고, 채굴하는 플레이어들은 작거나 중간 정도
크기는 돌아보지도 않고 커다란 것들만 적극적으로 노리고
있었다.

"그래, 용암탄 크기에 따라서 [용용석] 채굴 확률이 달라
지는 모양이라서."

"사이즈에 따라 달라진다고?"

"정확히 말하자면, 큰 용암탄에서만 채굴할 수 있거든."

그 말을 듣고 [용융석] 설명 문구를 확인했다.

"'마그마 기간테의 몸 표면에서 새어 나오는 가연성 체액과 용암이 섞여서 굳은 물질'이라고 했던가?"

그렇다면 [용융석]이 생성되는 것은 마그마 기간테의 몸 표면과 용암 껍질 사이라고 할 수 있다.

"그래서 [용융석]을 금방 모을 수가 없는 거구나. 그런데 어떻게 그런 부분 껍질을 채굴하는 거야?"

"마그마 기간테가 용암 호수 밖으로 올라오면 공격할 기회가 생기는데, 입힌 대미지에 따라 벗겨지는 껍질의 크기도 변해."

몇 번 시험해보았는데 대미지를 입혀서 껍질을 깎아내도 용암 호수로 돌아가면 껍질이 원래대로 돌아가 버린다.

"그러니까 단시간에 큰 대미지를 입힐 수 있는 방법을 생각하고 있어. 그래서 윤 아가씨의 인챈트로 공격할 플레이어들의 화력을 강하게 만들어줬으면 하는데."

"그렇구나. 그렇게 커다란 껍질을 벗겨내려는 거구나."

나는 미카즈치의 채굴 계획을 들으면서 다른 플레이어와도 이야기를 나누며 작전을 세밀하게 조정했다.

나는 그 작전을 듣고 [합성]과 [인챈트] 센스, 그리고 가지고 있던 [운성강] 주괴로 작전에 필요한 아이템을 만들었다.

●

마그마 기간테의 껍질 벗기기 작전의 개요는 단순하게 화력을 키워서 부수는 것이었다.

벗겨지는 껍질의 크기는 입힌 대미지의 양에 따라 변한다.

강력한 일격을 가하거나 단시간에 연쇄 보너스까지 포함한 연속 공격 대미지, 또는 그냥 계속 표면을 깎아내서 [용융석]층을 벗겨낸다.

그러기 위해 각자 잘하는 것이 다른 플레이어들은 움직이지 못하게 막거나 껍질 깎아내기, 대미지 딜러 등 각각 역할을 맡게 되었다.

"슬슬 올라온다! 다들 준비됐지!"

ㅠㅠ우오오오오옷!ㅛㅛ

미카즈치가 아군 플레이어들에게 외치자 그 말을 들은 플레이어들이 각자 무기를 들어 올리며 대답했다.

그로 인해 미카즈치의 [클랜] 센스 효과에 따라 아군 플레이어들이 스테이터스 보정을 받았다.

"역시 이렇게 집단으로 모이니까 장관이구나."

"으으, 나도 전위 쪽이 좋은데."

"자자, 뮤우. 그리고 윤도 기대할게."

나는 선두에서 외치고 있는 미카즈치를 바라보면서 뮤우, 세이 누나와 함께 후위에 배치되었다.

그밖에도 후위에는 클로드나 뮤우 파티의 리레이와 코하쿠, 타쿠 파티의 미니츠와 마미 씨도 있었다.

마그마 기간테는 용암 호수의 남쪽에서 분지로 올라온 뒤 그 주위에서 잠시 활동하고 다시 용암 호수로 돌아간다.

그 시기가 껍질을 부수고 [용융석]을 벗겨낼 기회다.

그리고 마그마 기간테가 용암 호수에서 올라오자 작전이 시작되었다.

"──마법반, 우선 표면을 식혀라!"

"그럼, 간다. ──《메일슈트롬》!"

ㅠㅠ──《메일슈트롬》!ㅛㅛ

세이 누나를 비롯한 수속성 마법사들이 소용돌이치는 물을 여러 개 만들어낸 뒤 마그마 기간테의 껍질에 퍼붓기 시작했다.

원래는 소용돌이치는 물 안쪽에 적 MOB을 잡아두고 대미지를 입히는 수속성 마법이다.

하지만 몸이 너무 큰 마그마 기간테는 몸의 일부만 물에 잠겼다.

그럼에도 불구하고 껍질에 남아 있는 열량과 틈새에 있는 용암 등으로 인해 물이 단숨에 끓어올라 수증기 폭발을 계속 일으켰고, 주위로 자그마한 껍질 조각이 터져 날아갔다.

"냉정하게 방어마법을 전개해! 시야를 확보하기 위해 풍속성 마법을 사용해라!"

미카즈치가 호령하자 그룹으로 나뉜 플레이어들이 방어마법을 치고 풍속성 마법으로 바람을 날려 증기를 휩쓸었다.

"잡아두고 가지 못하게 막자!"

"다음은 우리 차례구나! 가라! ──《엔젤 링》!"

"나도 간다! ──《머드 풀》!"

"먹어라! ──《그래비티 포인트》!"

광속성 마법을 쓰는 뮤우 일행이 구속 마법인《엔젤 링》으로 사지를 붙잡았고, 나를 비롯한 토속성 마법 사용자들이 오른쪽 발치에《머드 풀》을 발생시켜 움직임을 막았다.

마지막으로 암속성 마법을 사용하는 클로드 일행이《그래비티 포인트》의 중력구를 맞춰 마그마 기간테의 몸무게를 무겁게 만들어 움직임을 둔하게 만들었다.

그로 인해 마그마 기간테의 몸이 오른쪽으로 기울어졌고, 그대로 옆으로 쓰러졌다.

"좋아, 지금이다! 쳐라!"

ｍ오오오오오옷!ｍ

쓰러진 마그마 기간테에게 달려가 덤벼드는 전위 플레이어들.

그런 그들을 최대한 시야에 많이 넣고 보조했다.

"온 힘을 다해 싸우고 와! ──《존 인챈트》── 어택, 스피드!"

미카즈치의 호령과 함께 몸 표면의 열기를 없애고 쓰러진 마그마 기간테에게 덤벼들었다.

"──《육연선타》!"

『──《파워 버스터》!』

"──《쇼크 임팩트》!"

미카즈치, 타쿠, 루카토처럼 화력이 강한 전위들이 차례

차례 강력한 아츠를 날렸고, 그럴 때마다 용암 껍질이 터지고 깎여나갔다.

껍질이 깎여나가는 와중에 마그마 기간테도 그냥 당하고만 있지는 않았다.

『GYAOOOOOOOO──.』

포효하자 껍질의 틈새가 붉게 달아올랐고, 매우 뜨거운 열을 내기 시작했다.

"전원 대피!"

미카즈치의 호령에 맞춰 플레이어들이 깊게 파고들지 않고 재빠르게 물러났다.

그 직후, 마그마 기간테의 껍질이 터졌고, 잡아두고 있던 《엔젤 링》의 빛나는 고리가 사라지자 발치 쪽 지면이 터져 진흙탕이 날아갔다.

『FUSYURARARA──.』

목 안쪽에서 독특한 소리를 울리며 껍질 틈새와 입에서 고온 가스를 뿜어냈고, 그것이 근처에 있던 용암 호수에 닿자 단숨에 인화되어 온몸과 주위의 지면이 불꽃에 뒤덮였다.

"신속하게 물러나라! 수속성 마법으로 다시 냉각시켜!"

"간다! ──《메일슈트롬》!"

어느 정도 공격당한 마그마 기간테는 용암 호수 안에서 보여주었던 발열, 폭발 현상을 보이며 껍질로 용암탄을 날렸다.

그리고 그 행동에 맞춰 다시 소용돌이치는 물이 마그마 기간테를 덮쳤고, 거센 수증기를 만들어냈다.

그리고 급격한 가열과 냉각이 반복되자 껍질 중 약한 부분이 부서지기 시작했고, 그중 일부에 회색 [용융석]층이 보였다.

"자, 어디를 어떻게 노려야 벗겨낼 수 있을까. ──《식재료의 소양》!"

내 《식재료의 소양》에 따라 껍질의 약점이 시야 안에 빨갛게 표시되었다.

"회색하고 겹쳐진 부분은 저 근처인가?"

나는 《식재료의 소양》으로 표시된 약점을 향해 활을 겨누었다.

"──《궁기 · 단발꿰기》!"

활을 겨누고 날린 강렬한 화살은 보라색 꼬리를 끌며 날아가 내가 노린 대로 회색 층에 뜬 표시를 뚫고 깊게 박혔다.

그 손맛을 느끼고 자연스럽게 안도의 한숨을 내쉬는 것과 동시에 날린 화살의 반동으로 인해 저리는 손을 살짝 쥐었다.

"우와…… 윤 언니 대단하네. 단단한 껍질을 뚫어버리다니. 공격력이 단숨에 올라간 거 아니야? 이제 단숨에 후위 화력직인가?"

"윤, 잘했어. 그런데 왜 지금까지 금속제 화살을 쓰지 않았던 거야?"

"금속제 화살은 다루기 까다롭고 가성비가 안 좋으니까."

그렇게 설명하면서 꺼낸 것은 전체를 금속으로 만든 화살── 그것도 방금 날린 운성강 화살이었다.

보통 금속 주괴 하나와 나뭇가지 같은 소재로 열 몇 발 정도를 합성할 수 있긴 하지만 타쿠에게 말한 것처럼 [운성강] 소재의 가격만으로도 최소한 100만 G는 나가는 특제 화살이다.

"일반적인 금속을 써서 이렇게 만들면 화살 자체가 너무 무거워서 비거리가 짧아져. 하지만 [장비 중량 경감]이 달려 있는 [운성강]이라면 그 단점을 없앨 수 있지."

그만큼 가격이 비싸지만 말이야, 그렇게 말하며 살짝 쓴웃음을 지었다.

좀 전에 운성강 화살을 날린 반동으로 저리던 손끝의 감각이 돌아오자 다시 아츠를 날려 다른 약점 표시를 뚫었다.

모두 합쳐 운성강 화살을 네 발 박아넣었지만, 마그마 기간테는 아랑곳하지 않고 느긋하게 계속 걸어갔다.

애초에 내 운성강 화살은 가볍게 손을 써두기만 한 쐐기에 불과하다.

"저 표시를 향해 돌격이다!"

미카즈치가 지시하자 마법사들이 화살 네 발이 박힌 높이까지 발판을 만들었다.

그리고 그 발판을 뛰어 올라간 사람들은 뮤우 파티의 히

노처럼 타격 계열 아츠가 특기인 플레이어들이었다.

"하아아앗――《그랜드 해머》!"

내가 꽂아 넣은 운성강 화살을 강력한 타격 아츠로 쳐서 깊게 박아넣었다.

하지만 회색 [용융석]층이 생각보다 더 단단했는지 좀처럼 안쪽으로 들어가지 않았다.

그리고――.

"또! 가스를 뿜어내기 시작했어! 제2진, 박아넣어!"

박힌 운성강 화살 주위에 금이 가기 시작했고 그에 맞춰 내부의 고온 가스가 뿜어져 나오자 그 기세로 인해 운성강 화살이 빠지려 했다.

곧바로 다음 플레이어들이 운성강 화살에 타격 아츠를 날려 더 깊게 박아넣었다.

모두 합쳐 네 번을 가격하자 간단히 빠지지 않을 깊이까지 박혔고, 약점 표시 주위에 금이 크게 간 것을 확인한 뒤 나는 어떤 키워드를 외쳤다.

"――[익스플로전]!"

운성강 화살에는 손을 써둔 부분―― 화살 자체에 [지속성 재능] 센스의 레벨이 25가 되면 습득할 수 있는 강한 위력의 폭파마법《익스플로전》을《스킬 인챈트(기능 부가)》해두었다.

《익스플로전》은 전투 때 사용할 기회가 별로 없고 매직 젬에 부여하기에는 가지고 있는 보석의 등급이 부족했기 때문에 인챈트할 수가 없었다.

하지만 《스킬 인챈트》 대상은 보석이나 돌만 있는 것이 아니다.

무기와 화살에도 아이템 자체의 등급만 맞는다면 그에 맞는 스킬을 인챈트할 수가 있다.

그 결과──.

『GYAOOOOOOOO──.』

박힌 쐐기 같은 화살을 기점으로 일어난 폭발의 충격이 뻗어나갈 곳을 찾아 주위의 금을 밀어내기 시작했다.

표면에 아무리 강한 공격을 가한다 해도 그 힘이 대부분 흘러나가 내부까지 침투하지 못했지만, 내부에서 폭발시키면 충분한 위력을 발휘할 수 있었다.

그 결과, 운성강 화살이 박힌 네 부분은 서로 크게 갈라진 부분이 이어졌다. 그리고── 벗겨지지는 않았다.

"큭, 대미지가 부족했나!"

내가 크게 금이 간 회색 층을 바라보면서 아쉬워하며 외쳤다.

"마그마 기간테가 용암 호수로 돌아간다!"

누군가가 한 말을 듣고 모두가 초조해졌다.

이렇게 잠깐 상륙했을 때가 [용융석]을 확보할 기회다.

그리고 다시 용암 호수 안으로 돌아가버리면 추격하기가 힘들고 용암으로 인해 다시 껍질을 두를 테니 지금까지 한 일이 허사로 돌아간다.

"세이, 가자! 윤도 포기하지 말고! 내게 화속성 인챈트를 걸어!"

"윤, 괜찮아. 마지막은 우리가 확실하게 마무리할 테니까——《다이아몬드 더스트》."

미카즈치가 그렇게 말하고 세이 누나가 가볍게 어깨를 두드려주자 정신을 차릴 수 있었다.

세이 누나가 지팡이를 들어 올리자 마그마 기간테의 균열이 생긴 껍질에 서리가 내린 뒤 얼어붙었다.

"《엘레멘트 인챈트》—— 웨폰!"

나는 다른 플레이어가 만들어낸 발판을 뛰어올라가는 미카즈치의 육각곤에 화속성 속성석을 사용해서 인챈트를 걸었다.

"우오오오오오옷——《뇌염폭타》!"

붉은빛을 남기며 화속성의 강렬한 찌르기가 금이 간 껍질 가운데로 날아갔다.

그로 인해 금이 더 크게 갔고, 운성강 화살로 인해 생겨난 금과 이어졌다.

"조금만 더!"

더욱 밀어붙이려는 듯이 손목을 비튼 미카즈치의 육각곤이 붉게 달아올랐고, 그와 동시에 금이 간 곳곳에서 고온 가스가 새어 나오며 불이 뿜어져 나왔다.

"미카즈치, 위험하니까 이제 피해!"

"아직 멀었어, 조금만 더 밀어붙이면 돼!"

불꽃에 조금씩 그을리면서도 한 발짝도 물러나지 않는 미카즈치.

그리고 하얀 증기가 껍질에서 솟구쳤고——.

『GYAOOOOOOOO——.』

마그마 기간테는 껍질이 안쪽에서 터진 충격으로 인해 괴로워하는 듯이 포효했고, 금이 간 [용융석]층이 벗겨져 떨어졌다.

그로 인해 운성강 화살로 뚫은 범위만큼 [용융석]층이 지면으로 떨어졌고, 커다란 덩어리 네 개와 크고 작은 파편으로 갈라져 떨어져 내렸다.

"무슨 일이…… 생긴 거지? 아니, 이럴 때가 아니지! 미카즈치!"

나는 급하게 폭발에 휘말린 미카즈치를 찾아보았지만 폭발 직전에 피했는지 그렇게 큰 대미지를 입지는 않은 모양이었다.

"휴우, 좀 오싹했는데."

"오싹은 무슨, 내 간이 떨어지는 줄 알았어! 불꽃에 그슬렸잖아!"

"진정해, 윤. 미카즈치는 원래 저러니까."

세이 누나는 미카즈치가 터무니없는 행동을 하는 것에 익숙해졌는지 살짝 쓴웃음을 지으며 나를 달랬다.

내가 이해할 수가 없어서 툴툴대고 있자니 미카즈치가 다가와 머리를 마구 쓰다듬었다.

"뭐야, 걱정했어? 귀여운 녀석, 귀여운 녀석."

"잠깐, 머리카락 흐트러져! 그만해!"

나는 급하게 미카즈치와 거리를 벌리고 살짝 눈을 흘기면서 머리카락을 손으로 다듬었다.

"그건 그렇고 방금 그건 어떻게 된 거야? 뭔가 부자연스럽게 안쪽에서 폭발하지 않았어?"

세이 누나와 미카즈치가 마무리로 뭔가 한 모양인데, 그 공격에 대해 설명해달라고 말했다.

"껍질이 냉각되어서 수축하고 가열로 인해 가스가 팽창해서 약해진 뒤에 녹아서 고인 증기와 가스가 미카즈치의 공격 때문에 인화해서 내부에서 수증기 폭발을 일으켜 터졌다고 하면 되려나?"

"호오, 대단하네."

"뭐, 나와 세이의 단골 콤보야. 가열과 냉각을 이용해 방어력이 높은 녀석을 쓰러뜨리는 기술이지."

뮤우 파티의 리레이와 코카쿠가 사용하는 바람과 불꽃을 조합하여 위력을 강하게 만드는 협력기 같은 기술인 모양이다.

순순하게 감탄하는 사이에, 플레이어들은 껍질이 벗겨지자 공격을 멈췄고 마그마 기간테가 천천히 용암 호수로 돌아가기 시작했다.

"자, 여운에 잠기는 건 이쯤하고! 어서 [용융석]을 모으자!"

᠁오~!᠁

미카즈치가 그렇게 외치자 네 개로 갈라진 [용융석] 덩어리와 자잘한 파편을 플레이어들이 각자 나누어 모으기 시작했다.

그 결과, 전부 합쳐보니 [용융석] 227개를 얻었고, 부산물로 여러 광석 계열 아이템을 모을 수 있었다.

"음~. 마그마 기간테에게 한 번에 얻은 양이 마도로 두 대 분량인가? 갈 길이 먼데."

모은 [용융석] 숫자를 보고 미카즈치가 그렇게 말하자 모두가 고개를 끄덕였다.

"아가씨, 방금 그 작전 또 할 수 있어?"

"못 해! 못 해! 이제 [운성강]이 없다고! 애초에 내가 직접 모아서 공짜나 다름없긴 하지만 가성비가 안 좋단 말이야!"

이번에는 처음으로 시험해볼 겸 운성강 화살을 썼지만, [용융석]을 다섯 번 정도 더 모은다면 그렇게 한 번 할 때마다 400만 G라는 큰 적자를 보게 된다.

"그럼 작전 중 어딘가를 수정해서 비용을 줄여야겠군. 예를 들어 전체를 금속으로 만든 투창을 마련해서 거기에《익스플로전》을 스킬 인챈트하는 건 어때?"

클라우드가 좀 전에 실행했던 작전 일부를 수정하여 대안을 냈다.

"음~. 그거라면 할 수 있을 것 같은데."

"그럼 좀 더 이것저것 생각해봐야겠군. 일단 휴식하자! 내일도 참가할 수 있는 사람은 연락하자고!"

미카즈치가 한 말을 듣고 첫 채굴 작전에 참가하여 지친 사람들이 안도의 한숨을 내쉬며 서로 가볍게 인사를 나누고 로그아웃하거나 전이 오브젝트 포탈을 향해 움직이기 시작했다.

"우리도 피곤하긴 하지만 길드 홈으로 돌아가서 랑그레이와 오토나시에게 도와달라고 해야겠어. 물론 윤 아가씨도."

"정말…… 그러니까 아가씨라고 부르지 말라고. 뭐, 끝까지 도와줄게."

그리고 나는 세이 누나와 미카즈치, 클로드와 함께 [팔백만] 길드 홈으로 돌아가 오늘 한 경험을 토대로 다음 채굴 작전을 효율적으로 만들기 위한 방법을 모색했다.

그때, 마기 씨가 깜짝 선물을 받고 어떤 반응을 보일지 상상하니 살짝 웃음이 나왔다.

종장   원정의 끝과 깜짝 선물

최종적으로 마그마 기간테의 채굴 작전에는 플레이어 54명이 모여서 협력했고, [용융석]을 모두 합쳐 1354개 입수하는데 성공했다.

그때 사용한 작전은 흑철제 투창에 마법 스킬을 《스킬 인챈트》한 것을 세 자루 정도 말뚝처럼 박아넣고 내부에서 폭발시키는 방법을 썼다.

그때 나 말고도 [인챈트] 센스를 얻어서 키운 플레이어의 협력을 받아 여섯 가지 속성 마법 스킬을 인챈트한 흑철제 투창을 내부에서 폭발시켰을 때 어떤 차이가 있는지 검증했다.

그 결과, 충격 계열이나 실체를 만들어내는 마법이 더 잘 통했고, 실체가 없는 것 같은 느낌이 드는 광속성이나 암속성 마법 스킬을 투창에 걸어 발동시킨다 해도 껍질에 대미지를 확산시키지는 못하고 그 지점에만 대미지를 입혔다.

그밖에도 운성강 화살보다 흑철제 투창이 더 깊게 박혔기에 충격도 깊은 곳까지 침투한 결과 적은 숫자로도 [용융석] 층을 벗겨낼 수 있는 등 자잘한 차이점을 알 수 있었다.

그로 인해 채굴 작전의 비용이 줄어들었고, 내 역할도 마련한 흑철제 투창에 《스킬 인챈트》로 [익스플로전]을 인챈트하는 것으로 변경되었다.

"한 자루당 50만 G나 하는 흑철제 투창을 아무렇지도 않게 소모품으로 쓰다니."

"그래도 짭짤한 장사 같은데요. 인챈트 한 번에 10만 G를 받을 수 있으니까요."

다른 [인챈트] 센스 소유자들과 함께 [팔백만] 기술자실로 운반되어 오는 투창에 《스킬 인챈트》를 걸면서 이야기를 나누고 납품했다.

흑철제 투창을 마음 편히 소모 아이템처럼 사용할 수 있는 [팔백만]의 자본력에 살짝 전율하면서 필요한 만큼 인챈트를 걸었다.

그리고 드디어 원정이 끝나갈 때쯤 아슬아슬하게 마도로에 필요한 소재를 모았다는 연락이 들어왔고, 그것을 선보이는 것에 대해서는 대규모 원정 마지막 날 연회를 개최할 때까지 비밀로 하기로 했다.

그리고 원정 마지막 날——.

"후후……."

"마기 씨, 왠지 기분이 좀 좋아 보이시네요."

"그래, 그럴지도 모르겠어. 그런 윤 군도 즐거워 보이는데. 무슨 일 있었어?"

"그건 비밀이에요."

나는 클로드의 [콤네스티 카페 양복점]에서 사람들을 만난 뒤 [팔백만] 길드 홈으로 향했다.

이번에는 클로드와 파티를 짜고 행동한 시간이 길었기에

마기 씨와 이렇게 만난 게 오랜만인 것 같다는 느낌이 들었고, 마도로 깜짝 선물을 상상하니 얼굴에 드러난 모양이었다.

"미안하군. 기다렸지."

"윤찌, 오랜만이야~. 나중에 내 식림장에 올래? 클로찌에게 받은 씨앗이 싹을 틔웠어!"

클로드는 리리 가게에 미리 들렀는지 리리와 함께 왔다.

그리고 리리가 말한 씨앗이란 나와 클로드가 운동 경기장의 숨겨진 방에서 찾아낸 [세피라의 과실]과 [다아트의 과실]을 [연금]의 하위 변환으로 만든 씨앗일 것이다.

"나도 [아트리엘]에 심었는데, 아직 싹은 안 나왔거든."

나와 리리는 느긋하게 이야기하기 시작했고, 리리가 마침 생각났다는 듯이 말을 꺼냈다.

"윤찌. 윤찌의 활을 잠깐 줘봐."

"응? 상관없긴 한데?"

리리가 그렇게 말하자 나는 [검은 소녀의 장궁]을 꺼내 건넸다.

이 장궁을 만든 사람이기도 한 리리는 뭔가 확인하려는 듯이 활을 바라보고 살짝 한숨을 쉬었다.

"역시 내구도가 줄어들었네. 클로찌에게 들었는데, 험하게 다뤘어?"

"아~, 아하하. 아마 화살 전체를 금속으로 만든 걸 써서 그럴 거야."

"진짜, 윤찌, 그럼 안 돼. 그렇게 쓰면 활이 견디지 못하게 되니까. 이건 일단 맡아둘게."

"……네."

전체를 금속으로 만든 화살을 사용하면 반동으로 인해 연달아 화살을 날리기 힘들다는 것 말고도 무기 자체의 내구도가 떨어지는 단점이 있다는 것을 알게 되어 조금 풀 죽었다.

소중히 애용하고 있던 장궁을 험하게 다뤘다는 사실이 조금 마음에 걸렸다.

그런 나를 마기 씨가 살짝 쓴웃음을 지으며 위로해주었다.

"괜찮아, 윤 군. 그렇게 풀 죽지 마."

"그래, 윤찌. 나도 화살 전체를 금속으로 만든 걸 사용할 수 있게끔 업그레이드해줄게."

리리까지 나서서 위로해주고 있자니 클로드도 입을 열었다.

"자, 슬슬 [팔백만]으로 갈까. 이번 원정 이야기는 거기서도 들을 수 있을 테니까."

"그, 그래. 풀 죽어도 소용이 없을 테니 갈까."

클로드가 한 말을 듣고 [팔백만]으로 가서 마기 씨에게 마도로를 선물한다는 깜짝 기획이 생각나서 풀 죽었던 마음이 긍정적으로 변했다.

"윤 군, 또 즐거워 보이는 표정인데."

"어? 그런가요?!"

마기 씨가 다시 지적하자 클로드가 눈짓하며 너무 노골적이라고 째려보았기에 급하게 둘러댔다.

"저기…… 그, 에밀리 양이나 레티아 같은 사람들하고는 오랜만에 보니까 좀 기대되거든요."

"그래. 오늘은 다들 올 거야."

그런 다음 [팔백만] 길드 홈에 도착해보니 이미 연회가 시작되었는지 마시고 노래하는 시끌벅적한 분위기였다.

"이봐! 요리가 부족해!", "누구야! 여기 [노점 브레이커]를 부른 사람이!", "큰일이에요, 식재료가 부족해요!", "그럼 바로 모으러 가자!"

그리고 연회장 한편에서는 레티아가 사역 MOB들을 소환해서 눈앞에 있는 연회 요리를 있는 대로 먹어치우고 있었다.

"저, 이 집 아이가 될까 해요."

"레티, 안 돼! 길드 [신록의 바람]은 어쩌려고?! [푹신동물 동호회]와 맞은 동맹 관계는?!"

레티아가 한 말을 듣고 벨이 막으려고 하는데, 아마 레티아는 진심이 아닐 것이다. 아니, 아닐 거라 생각하고 싶다.

"좋았으~, 추가 어패류 가지고 왔당께~! 바다 에리어 최고인디!"

"좋았어, 손질해, 손질해! 회를 떠서 내가자!"

그밖에도 기세 좋게 등장한 사람들은 길드 [OSO 어업조합]의 시치후쿠 일행이었다.

예전부터 다른 루트로 해안 에리어에 진출했던 시치후쿠

일행도 이번에는 왕화행 나무 너머에 있는 [해안 진출 루트]를 통해 많은 길드 멤버들이 해안 에리어에 도달했다.

그 결과, 많은 인력에 의해 어획량이 상승한 모양이다.

"흐아아아아…… 알, 저거 봐! OSO의 유명 플레이어들이 잔뜩 있어!"

"라, 라이……. 왜, 왠지 우리가 잘못 온 것 같은데."

"자, 진정하렴. 너희들은 있어도 괜찮아."

라이나와 알이 구석에 앉아서 주위를 두리번거리며 수상쩍은 모습을 보이는 한편, 얼굴이 보이지 않게끔 마스크를 쓴 에밀리 양이 두 사람을 달래고 있었다.

그런 연회에 우리도 슬며시 끼었다.

그리고 잠시 후 미카즈치가 단상 위로 올라가 건배를 제안할 때까지 기다렸다.

"다들 골든 위크 대규모 원정은 어땠어? [팔백만]뿐만이 아니라 많은 플레이어들과 길드에 연락해서 많이들 참가해주니 기쁘군."

일단 말을 끊고 전체를 둘러보았다.

"이번 원정은 현실 쪽 사정 때문에 별로 참가하지 못한 사람도 있지만 여러 곳을 동시에 탐색한 결과, 많은 것들을 발견할 수 있었어. 한 파티나 길드로는 찾아내기 힘든 정보까지 알아낼 수 있었던 건 큰 성과인 것 같아. 그리고 이 자리에서 원정의 성과 중 한 가지를 발표하려고 해."

그렇게 말하자 사람들이 단상 위로 수많은 아이템을 옮

졌다.

그중에는 마도로를 설치하는데 필요한 범용소재나 내가 채굴하는 것을 도왔던 [용융석] 같은 것들도 있었다.

그리고 입수하는 법을 알 수 없었던 [화정령의 돌]이나 [마도핵]까지 있었다.

"이 소재는 드워프의 나라에서 퀘스트를 함으로써 설치할 수 있게 되는 마도로라는 생산 설비를 만드는데 필요한 소재야. 이걸 원정 기간 동안 뜻있는 사람들이 힘써준 결과, 약 열 대 분량의 소재를 모을 수 있었지!"

나는 마기 씨를 슬쩍 곁눈질로 보았다.

진지한 표정으로 마도로의 설치 소재를 보고 있는 마기 씨가 깜짝 선물로 저걸 받게 된다는 걸 알면 어떤 반응을 보여줄까.

벌써부터 기대가 된다.

그리고──.

"이 열 대 분량의 마도로 소재를 길드 [팔백만]과 [생산 길드]──."

그리고 미카즈치가 씨익 웃으며 나와 마기 씨가 있는 쪽을 보았다.

"플레이어의 개인 상점인 [오픈 세서미]와 [아트리엘]에 분배해서 선물할 생각이야!"

""뭐어?!""

나와 마기 씨가 동시에 소리를 지르면서 서로 얼굴을 마주 보았다.

어떻게 된 거지? 마기 씨에게 깜짝 선물로 한 대 분량의 소재를 선물할 예정이었는데, 왜 내 몫까지 포함되는 거지?

"어? 어째서, 마기 씨에게 깜짝 선물을 주기 위해 모은 건데……."

"그건 내가 할 말이야. 클로드가 제안해서 윤 군을 놀라게 해주려고 모두 함께 [화정령의 돌]을 모으러 보스를 잡고 다녔는데……."

나와 마기 씨는 근처에 있던 클로드를 돌아보며 어떻게 된 일인지 설명해달라고 말했다.

"클로드! 어떻게 된 거야! 마기 씨에게 깜짝 선물을 주는 거 아니었어?!"

"그래! 윤 군에게 깜짝 선물을 준다고 했잖아!"

"그래. 평소에 신세를 지고 있는 생산직에게 선물을 주자는 이야기를 하긴 했지. 하지만 그게 한 명이라고 하진 않았잖아?"

"──윽! 속인 거야?!"

클로드는 서로 깜짝 선물로 마도로를 주기 위해 노력하는 모습을 미소를 지으며 바라보고 있었던 건가?

아니 애초에 마도로를 줄 사람에 대한 이야기는 참가하는 플레이어들에게도 공유되는 법이다.

주위를 둘러보니 나와 마기 씨를 바라보는 훈훈한 눈초리가 느껴졌다.

"하하하, 꽤 재미있는 반응을 보이는군! 깜짝 선물을 주려고 생각한 두 사람이 사실 서로 선물을 주려 했다. 정말 훈훈한 이야기 아닌가!"

클로드가 한 말을 듣고 나는 쑥스러움과 우습다는 생각에 힘이 빠져 얼굴을 손으로 가린 채 몸을 웅크렸다.

마기 씨도 적당히 유도당했다는 생각에 헛웃음만 나오는 모양이었다.

"마도로를 받을 수 있다니 기쁘긴 한데, 진짜 뭐냐고~."

"애초에 나는 마도로 같은 건 분수에 안 맞는다는 느낌인데…….."

나와 마기 씨가 서로 무언가를 주고 싶다고 생각했다는 건 기쁘다.

그리고 뜻있는 플레이어들이 내게 마도로를 줘도 괜찮다고 생각했다는 사실에 놀라움과 기쁨 같은 감정이 뒤늦게 조금씩 솟구쳤다.

"자, 둘 다 뭐라고 말 좀 해줘!"

"저기, 고마워! 내가 이 마도로로 반드시 멋진 무기를 만들 테니까 사러 와줘!"

마기 씨는 연회장에 있던 플레이어들을 둘러보며 윙크했다.

그다음에 나도 한마디 하라는 말을 듣고——.

"저기…… 왜 제가 받는 건지 잘 모르겠고, [조금] 센스로 액세서리를 만들어서 파는 것도 아니지만 소중하게 쓰도록

하겠습니다!"

나는 내가 생각했던 것을 말에 담은 뒤 고개를 크게 숙였다.

"뭐, 소재를 주긴 하겠지만 받은 소재로 [초 내열 벽돌]을 스스로 만들거나 NPC에게 만들어달라고 할 필요가 있을 테고, 마도로 설치 비용인 1000만 G도 개인적으로 마련해야 해. 전부 이쪽에서 내주면 고맙다는 느낌이 희미해질 테니까."

미카즈치가 한 말을 듣고 나와 마기 씨는 살짝 쓴웃음을 지었다.

"자, 그럼 대규모 원정을 마무리해볼까—— 건배."

╓╓——건배!╙╙

각자 근처에 있던 음료를 들어 올렸다.

그리고 나와 마기 씨는 그대로 자연스럽게 세이 누나와 미카즈치 옆에 앉게 되었다.

"미카즈치 씨! 미녀를 독점하다니, 너무하잖아요!", "그래요! 우리에게도 미소녀를 접할 기회를 주세요! 미카즈치 누님!"

척 보기에 멋진 계열 미녀인 미카즈치가 나와 세이 누나, 마기 씨를 거느리고 있는 것처럼 보이기 때문에 곳곳에서 야유가 쏟아져 나왔다.

나는 남자거든! 속으로 그렇게 생각했고, 미카즈치는 그런 반응을 보이며 떠들어대는 멤버들을 부추기기 시작했다.

"이것도 카리스마라는 거지! 분하면 즐겁게 술을 마실 상대를 찾으라고!"

"정말…… 나는 미성년자라서 술을 마실 상대가 아니라고."

내가 그렇게 중얼거리자 세이 누나가 살짝 애매하게 웃었다.

"그래도 세이는 이제 곧 스무 살이 되잖아? 그러면 술도 마실 수 있지."

"아~, 그렇구나. 하긴 곧 생일이긴 하지."

"네?! 세이 씨, 생일 얼마 안 남았어요?!"

마기 씨가 몸을 내밀며 묻자 세이 누나가 곤란하다는 듯이 미소를 지으며 알려주었다.

"내 생일은 6월 29일이야. 얼마 안 남았다고 해도 좀 더 있어야 해."

"그랬군요! 그럼 세이 씨를 축하해드려야겠네요!"

"후후, 마기, 고마워."

그렇게 말하며 미소를 지은 세이 누나와 마기 씨가 마구 들뜬 와중에 미카즈치는 약간 복잡해 보이는 표정을 짓고 있었다.

"왜 그래?"

"아니, 베타 버전 때는 애초에 서로 생일 같은 걸 몰랐고, 애초에 세이의 생일이 베타 버전이 끝난 무렵하고 정식 버전이 시작된 무렵의 경계여서 축하해주지 못했거든."

미카즈치는 세이 누나가 생일이라니 마음속으로 뭔가 느낀 바가 있는지도 모르겠다.

"그러니까 세이 생일을 성대하게 축하해주기 위해서 연회를 개최할 생각이야!"

"결국 그냥 술을 마시고 싶은 거잖아."

내가 태클을 걸자, 세이 누나와 마기 씨가 쿡쿡 웃었다.

"나도 현실에서는 술만 마시지는 않아. 오히려 현실에서 마시지 않으니까 여기서 먹는 거지. 맛과 향, 알딸딸한 느낌을 적당히 즐길 수 있는 데다 건강에 해롭지도 않으니까."

원래 그런 법인가? 나는 그렇게 생각하고 고개를 갸웃거리면서 근처에 있던 주스를 마시며 연회를 즐겼다.

그런 와중에 클로드가 우리 쪽으로 다가왔다.

"여어, 클로, 즐기고 있어?"

"그래. 그런데 해안 에리어로 진출할 걸 생각하니 더욱 즐거워지는군."

이미 술을 좀 했는지 크크큭, 클로드가 그렇게 수상쩍게 웃자 나와 마기 씨가 수상쩍은 눈초리로 바라보았다.

"왜 그래? 클로드."

"아니, 해안 에리어로 진출하니 여성 플레이어들이 귀여운 수영복 주문 의뢰를 해서 말이야. 조금 기대되는군."

클로드가 한 말을 들은 플레이어들이 일제히 돌아보았다.

남성 플레이어는 클로드와 근처에 있던 나, 세이 누나 같은 사람들의 모습을 보고 수영복 차림을 상상했는지 얼빠진 표정을 지었다.

여성 플레이어들은 그런 남자들의 얼빠진 모습을 차가운 눈초리로 보면서 바로 알고 지내는 재봉사 플레이어에게 연락을 취해 수영복을 주문하고 있었다.

"아~, 수영복이 필요하겠구나. 세이는 어떻게 할래?"

"나는 새로 맞춰볼까."

클로드가 한 말을 듣고 고민하는 미카즈치와 좀 쑥스러운 듯이 수영복을 새로 맞출지 생각해보니 세이 누나.

"윤 군은 어떻게 할래? [수영] 센스 있지? 수영복은 어떤 디자인으로 할 거야?"

"마, 마기 씨! 저, 저는 수영복 안 입어요! 창피하다고요!"

"어~? 윤 군은 모처럼 귀여우니까 귀여운 수영복을 입은 모습을 보고 싶은데."

애초에 나는 남자니까 귀여운 여자 수영복을 입을 수는 없다고 생각했지만 뭐라고 대답해야 마기 씨가 포기할지 알 수가 없어서 근처에 있는 음료수로 바싹 마른 목을 축였다.

연회가 점점 떠들썩해지는 가운데 음료수를 단숨에 마신 순간, 기분이 좋아졌다.

"앗, 윤 군?!"

마기 씨의 깜짝 놀란 목소리를 들으며 기울어지는 시야로 멍하게 바라보았고, 기억이 툭 끊어졌다.

보아하니 실수로 술을 마셔버린 모양이라 깨어나 보니 걱정스럽게 바라보는 세이 누나와 마기 씨가 나를 돌봐주면서 연회를 마치게 되었다.

　결과적으로 내 수영복 이야기는 흐지부지되었다.

　그런데 대규모 원정 마지막에 실수로 술을 마시고 쓰러지다니, 참 어이없이 끝났다면서 나 스스로 쓴웃음을 지어버렸다.

──스테이터스──

NAME : 윤
무기 : 검은 소녀의 장궁, 볼프 사령관의 장궁
보조무기 : 마기 씨의 식칼, 고기 써는 식칼 중흑, 해체식칼 창무
방어구 : CS No.6 오커 크리에이터 (하복, 동복)

액세서리 장비 한계 용량 (3/10)
· 페어리 링 (1)
· 대신하는 보옥의 반지 (1)
· 원예지륜구 (1)

예비 액세서리 일람
· 몽환의 주민 (3)
· 도어부의 철륜 (1)

소지 SP 34
[장궁 Lv43] [마궁 Lv28] [하늘의 눈 Lv30] [간파 Lv41]
[준족 Lv34] [마도 Lv36] [대지속성 재능 Lv20]
[부가술사 Lv14] [조약사 Lv30] [요리인 Lv21]
[물리공격 상승 Lv28] [잠복 Lv3]

대기

[활 Lv55] [조교 Lv42] [염동 Lv10] [연성 Lv4] [조금 Lv47]
[생산직의 소양 Lv30] [수영 Lv18] [언어학 Lv28] [등산 Lv21]
[신체내성 Lv5] [정신내성 Lv15] [선제의 소양 Lv17]
[급소의 소양 Lv15]

골든 위크 대규모 원정에 참여한 결과——

· 새로운 식물 [세피라의 과실]과 [다아트의 과실]을 손에 넣었다.

· 배회형 보스인 [사신 그림 리퍼]와 마주쳤고 쓰러뜨렸다.

· 포탈 [드워프의 나라]와 [지저 에리어]를 등록했다.

· 원정 마지막 날, 깜짝 선물로 마도로 설치 소재를 선물 받았다.

후기

처음 뵙는 분, 오랜만에 뵙는 분, 안녕하세요. 아로하자초
입니다.

이 책을 읽어주신 분, 담당 편집자인 O 씨, 작품에 멋진
일러스트를 마련해 주신 유키상 님, 그리고 출판되기 전부
터 인터넷에서 제 작품을 봐주신 분들께 감사드립니다.

OSO 시리즈는 현재 드래곤 에이지에서 하니쿠라운 선생
님의 코미컬라이즈 버전이 연재되고 있습니다. 코미컬라이
즈를 통해 큐트한 코믹 버전 윤 일행의 활약이나 귀여운 모
습을 볼 수 있습니다.

또한 제 작품으로『몬스터 팩토리』시리즈도 있으니 그쪽
도 읽어주시면 좋을 것 같습니다.

이번 작품 이야기는 윤이 그림 리퍼에게서 도망치며 숨는
내용입니다.

일단 적을 보내고 안심한 직후에 상대방에게 들키는 장면
은 공포 영화 같은 곳에서는 단골처럼 나오는 상황이라 할
수 있을 겁니다.

그런 상황을 어렸을 때 악몽으로 꾼 적이 있습니다.

저는 어떤 존재로부터 도망쳐서 막다른 방에 있는 서랍
안에 숨어서 그 존재를 피하려 했습니다.

상대방이 방 앞까지 와서 돌아가자 '갔다'라고 작은 목소

리를 낸 직후, 상대방이 돌아와서 제가 숨어 있는 서랍을 바라보고 있는 겁니다── 고릴라가.

왜 고릴라에게 쫓겨 다녔던 걸까요? 그건 지금도 잘 모르겠습니다.

하지만 분위기도 그렇고 안심한 다음 놀라게 만드는 부분 같은 곳은 확실하게 그 악몽을 기반으로 만들었습니다.

요즘에는 꿈을 꾸는 경우가 별로 없어서 좋은 꿈을 꿨으면 합니다.

앞으로도 저, 아로하자초를 잘 부탁드립니다.

마지막으로 이 책을 읽어주신 독자 여러분께 다시 감사의 말씀 드립니다.

다시 여러분을 만나게 될 날을 기대하겠습니다.

2018년 4월 아로하자초

역자 후기

안녕하세요. 천선필입니다.

『온리 센스 온라인』 15권, 재미있게 읽으셨는지 모르겠습니다.

이번 15권은 저번 14권 후기 때 말씀드렸던 대로 대규모 원정을 중심으로 이야기가 전개되었습니다. 전반에는 주로 주인공인 윤이 원정에 참여하여 처음 목적이었던 드워프의 나라에 도달하기까지, 후반에는 그 이후로 확장된 기능을 접하고 그것을 어떻게 이용할지에 대해 다루는 내용이었던 것 같습니다.

게임을 즐길 때 기존 지역에서 익숙한 콘텐츠를 소비하는 것도 나쁘지는 않지만 그래도 새로운 지역에서 새로운 콘텐츠를 접할 때 맛볼 수 있는 기대감, 가슴이 설레는 느낌은 무엇과도 바꿀 수 없는 즐거움일 겁니다. 사실 게임을 개발하는 입장에서도 기존에 하던 작업을 계속 반복하며 유지보수를 하는 것보다는 새로운 콘텐츠나 기능을 개발하는 것을 선호하는 편입니다. 자신의 경력에도 그쪽이 더 바람직하기도 하고 무엇보다 재미가 있으니까요. 게임 회사에는 일에서 재미를 찾으려는 사람들이 꽤 많은 편이기에 더더욱 그런 것 같습니다.

그리고 중간 보스처럼 등장한 사신 그림 리퍼. 보통 기획자들은 이런 캐릭터를 부정 플레이 방지용이나 적당한 긴장을 주기 위한 용도로 배치하곤 합니다. 전자는 보글보글(버블보블)에 등장하는 유령 고래가 있겠고, 후자는 월드 오브 워크래프트에 등장하는 지옥절단기가 대표적인 예라 할 수 있겠네요. 일반적으로 전자의 경우 플레이어가 절대로 당해낼 수 없거나 피하지 못하게 설정하지만, 후자의 경우에는 캐릭터를 성장시키거나 여러 플레이어들이 모여서 쓰러뜨릴 수도 있게끔, 그렇게 달성감을 느낄 수 있게끔 설정하기도 합니다. 이번에 그림 리퍼가 그랬던 것처럼 말이죠. 운도 그림 리퍼를 쓰러뜨린 다음에 원래 목적이 드워프의 나라로 가는 것이었다는 사실을 깜빡 잊은 걸 보면 꽤 신이 났던 게 아닌가 싶습니다.

그런 생각을 하며 이번 15권 번역을 마쳤습니다. 항상 그렇지만 이렇게 번역 작업을 마칠 수 있게 도와주신 분들께 감사의 인사를 드리고 후기를 마치려 합니다.

항상 고생이 많으신 담당 편집자분과 소미미디어 관계자 여러분, 그리고 가족 여러분, 감사합니다. 이번에는 조카가 돌을 맞아서 함께 좋은 시간 보낼 수 있었기에 더욱 뜻깊은 주말을 보낸 것 같네요.

그리고 그 누구보다 이 책을 읽어주신 독자 여러분. 진심으로 감사드립니다. 제가 이렇게 번역을 마치고 후기를 쓸 수 있게 된 것은 독자분들 덕분이라 생각합니다. 앞으로도 즐겁게 보실 수 있게끔 노력하겠습니다.

다음 권에는 마지막 부분에서 살짝 언급된 해안 에리어, 그리고 수영복 이야기가 나오지 않을까 합니다. 그럼 그동안 많은 등장인물이 고생하며 만들었던 갤리온도 나오겠죠. 개인적으로는 배 쪽에 더 관심이 가긴 합니다만, 기대하셔도 좋을 것 같습니다.

항상 행복하시고 건강하시길 바랍니다.
감사합니다.

천선필

Only Sense Online Vol.15
©Aloha Zachou, Yukisan 2018
First published in Japan in 2018 by KADOKAWA CORPORATION, Tokyo.
Korean translation rights arranged with KADOKAWA CORPORATION, Tokyo.

온리 센스 온라인 15

2019년 11월 8일 1판 1쇄 인쇄
2019년 11월 15일 1판 1쇄 발행

저   자 아로하자초
일 러 스 트 유키상
옮 긴 이 천선필
발 행 인 유재옥
본 부 장 조병권
담당편집자 김민지
편집 1팀 정영길 김민지 조찬희 이성호
편집 2팀 김다솜 이본느
편집 3팀 박상섭 임미나 김효연
미   술 강혜린 박은정
라이츠담당 박선희 김슬비
디 지 털 최민성 박지혜
물   류 허석용 최태욱 김희민
발 행 처 ㈜소미미디어
등   록 제2015-000008호
제 작 처 코리아피앤피
주   소 서울시 마포구 토정로222, 403호(신수동, 한국출판콘텐츠센터)
판   매 ㈜소미미디어
마 케 팅 한민지, 한주원
전   화 편집부 (070)4164-3962, 3963 기획실 (02)567-3388
          판매 및 마케팅 (070)4165-6688, Fax (02)322-7665

ISBN 979-11-6389-996-9
ISBN 979-11-5710-083-5 (세트)